Laura Florica Kegler

Sehnsucht

Roman

<u>Buch</u>

Pansela hätte eigentlich kein Anlass zur Unzufriedenheit. Sie ist 30 Jahre alt, verheiratet, hat zwei Kinder, einen wunderbaren Mann und Sie sind sehr reich. Trotzdem ist Sie unzufrieden und trauert ihrer Jugendliebe Mirel nach. Doch wie es der Zufall so will, taucht genau dieser Mirel eines Tages wieder in Ihrem Leben auf.
Jetzt ist Pansela bereit ihr bisheriges Leben aufzugeben und für immer mit Mirel zusammen zu sein.

<u>Autorin</u>

Laura Florica Kegler, geboren 1973 in Rumänien. Seit 1990 wohnhaft in Stuttgart (Deutschland).

Sehnsucht

Alle Rechte liegen beim Autor.
Herstellungsort: Stuttgart
Herstellungsjahr: 2004

Herstellung und Verlag: Books on Demand GmbH, Norderstedt

An meine Kindheit kann ich mich nicht mehr so genau erinnern. Aber nach den Erzählungen meiner Eltern und meiner Geschwister muss ich ein kleines, neugieriges Mädchen mit goldblonden Locken und ziemlich schnellen O-Beinen gewesen sein. Vom Sternzeichen her bin ich ein Zwilling, da ich im Mai geboren wurde. Mein ungestümes, aufgeregtes Wesen begeisterte meine drei Geschwister, zwei Schwestern und einen Bruder, nicht immer. Die mittlere Schwester ist nicht mit uns verwandt, da sie die Tochter meines Stiefvaters ist. Mein Stiefvater kam mit meiner Mutter zusammen, als ich zwei Jahre alt war. Aber Lili, so heißt meine Stiefschwester, war mir immer die liebste von allen meinen Geschwistern. Meine älteste Schwester war sehr zurückhaltend und ernst. Wahrscheinlich spielte der Altersunterschied zwischen uns auch eine große Rolle, das sind immerhin neun Jahre. Dadurch war klar, dass ihre Interessen anders waren, als meine. Mein Bruder war ein sensibler und rührseliger Junge. Gemeinsam mit Lili habe ich ihm das Leben immer wieder zur Hölle gemacht.

An meinen ersten Schultag kann ich mich jedoch noch ganz genau erinnern. Von meiner Mutter wurde ich an diesem Tag zum ersten Mal in meinem bisherigen Leben um sechs Uhr am frühen Morgen geweckt. Ich bekam von ihr etwas zum Essen und danach fing sie an, mich für meinen ersten Schultag anzukleiden. In Rumänien, wo ich meine Kindheit verbrachte, waren damals Schuluniformen Pflicht. Die Uniformen waren blau und es wurde stets ein weißes Hemd und eine rote Krawatte dazu getragen. Meine Mutter stellte mich auf mein Bett und während sie mich anzog, schaute sie mich ganz ernst an und sagte: "Ab heute bist du kein Baby mehr und du musst ab jetzt lernen, Verantwortung für dich selbst zu übernehmen." Während sie das sagte, gab sie mir einen Klaps auf den Po. Ich erschrak sehr und verstand nicht, wieso sie das tat. Ganz üble Gedanken gingen mir durch den Kopf und ich hatte Angst, dass mein Leben ab sofort ganz schlimm aussehen würde. Zu den üblichen Einschulungszeremonien gehörte die Platzzuweisung und das Vortragen von

Gedichten, die wir im Kindergarten für diesen großen Tag gelernt hatten. Mein Platz war ab diesem Tag neben einem Mädchen namens Maria. Sie hatte dünnes blondes Haar und war eine ziemlich ungepflegte Erscheinung.

Meine Eltern arbeiteten beide in einer großen Rinderfarm, mein Vater als Metzger und meine Mutter als Tierpflegerin. Für die damalige Zeit wurde die Arbeit meines Vaters gut bezahlt. Es gab zusätzlich eine monatliche Fleischration, Milch und Getreide. Das Haus, in dem wir wohnten, hatten meine Eltern gekauft. Als meine Mutter sich von meinem leiblichen Vater scheiden ließ, bekam sie ihren und unseren Anteil von unserem Geburtshaus in Gold ausbezahlt. Mein Stiefvater hatte früher für meine Eltern gearbeitet. Meine Mutter und er kamen sich dadurch auch näher. Er hatte sie von Anfang an geliebt und ihr auch über die schwere Zeit hinweggeholfen, die sie mit meinem Vater durchmachte. Sie nahm ständig das Medikament "Diasepan" gegen ihre Depressionen und um ihre Nerven zu stärken. Klar, dass sie am Boden zerstört war, weil mein Vater sie ständig schlug und meine Geschwister tyrannisierte. Aber als wäre das nicht schon genug, musste er sie auch noch mit ihrer Schwägerin, der Frau ihres Bruders betrügen. In einem Wort, meine Mutter war psychisch und moralisch am Ende. Meine Mutter war eine fleißige Frau und hatte eine milde, beruhigende Ausstrahlung. Sie hatte im Gegensatz zu mir, pechschwarzes Haar, eine weiße Haut und dunkelbraune Augen. So stellte ich mir immer Schneewittchen vor. Groß war sie nicht, schätzungsweise maß sie 1,65 Meter. Sie war nicht zu dünn, aber auch nicht kräftig. Eine hübsche Frau, obwohl sie sich nie selbst etwas gönnte. Der Name meiner Mutter ist Anna. Damals war sie 30 Jahre alt, ihr Herz gebrochen, ihre Ehe kaputt und hatte auch noch drei Kinder zu versorgen. Mein Stiefvater kam aus "Moldavien" - einem der ärmsten Bundesländer Rumäniens. Er kam, wie viele andere Menschen aus solchen Bundesländern nach Banat um sich eine Arbeit zu suchen. Dort gab es keinen guten Boden für die Landwirtschaft und auch keine Industrie. Er war eine stolze Erscheinung mit seiner Größe von 1,90 Metern und seinen schwarzen Haaren. Seine Augen funkelten genau so schwarz wie die Haare. Die Haut war dunkel und er hatte markante Gesichtszüge. Ein schöner Mann. Seine Tochter Lili brachte er mit. Sie war das Ergebnis einer kurzen Beziehung, in der die Frau kein Kind haben wollte. Deshalb nahm er sie bei sich auf. Bevor Lili zu uns kam wurde sie während mein Stiefvater arbeitete von einer alten Frau versorgt. Mein Stiefvater heißt Mihai und ist sechs Jahre jünger als meine Mutter. Nachdem meine Mutter ihn an ihrer Seite hatte, fand sie auch den Mut, sich von meinem Vater zu trennen und mit Mihai zusammen zu ziehen. Seit diesem Zeitpunkt konnten wir uns als eine glückliche und normale Familie betrachten. Er warf die Medikamente meiner Mutter weg und heilte ihre angeschlagenen Nerven durch seine Liebe und Geduld.

In der Schule machte ich mich zur Freude meiner Mutter ganz gut. In der vierten Klasse bekamen wir einen Lehrer aus der Stadt, einen Musiklehrer. Er war ein komischer Vogel und hatte eine Brille mit schrecklich dicken Gläsern. Bestimmt sah er ohne diese Brille gar nichts. Jedenfalls war er aber nett und machte seinen Job gut. Eines Tages mussten wir vorsingen, etwas was wir konnten und uns begeisterte. Ich hatte mir ein Lied ausgesucht, welches ich in der Kirchengemeinde meiner Oma gelernt hatte. Ein fröhliches Lied über Jesus und seine Großzügigkeit. Die Kirche war so ganz anders, als die Kirchen die ich kannte. Die Kirchenmitglieder waren Baptisten und der Gottesdienst war immer sehr fröhlich und locker. Mir hatte es dort sehr gut gefallen und ich ging freiwillig und oft mit meiner Oma in die Gemeinde. Die Wände des Kirchengebäudes waren mit Wolken und Engeln bemalt. Die Musikkapelle bestand nicht nur aus einer Orgel, wie ich es von der orthodoxen Kirche kannte, sondern aus einem ganzen Orchester. Die Messen waren phantastisch. Ich war die einzige, die mit Oma ständig die Gottesdienste besuchte. Meine Geschwister hatten kein Interesse daran. Ich habe immer gesungen und Gedichte vorgetragen. Oft hatten wir dort Gäste aus Amerika. Jedes Kind bekam ein Geschenk. Für mich war es die Krönung, irgend etwas aus Amerika zu bekommen. Es war immer etwas ganz besonderes, auch wenn es nur ein Stift oder eine Tafel Schokolade war. Oma putzte mit meiner Unterstützung die Gemeinde. Beim Putzen half ich ihr gerne, weil ich dann einen sinnvollen Grund hatte um mich dort aufzuhalten. Es war ein magischer, energiegeladener Ort, der Geborgenheit ausstrahlte und mich immer wieder verzauberte. Es war für mich ein großes Ereignis, dass ich mit den Musikinstrumenten spielen durfte. Die Gemeinde hatte einen wunderschönen

Blumengarten, in dem ich arbeiteten durfte. Die Belohnung für meine Gartenarbeit bekam im dann im Herbst von dem prächtigen Birnbaum, der mitten im Hof stand. Er trug kleine, süß schmeckende Birnen, deren unnachahmlichen Geschmack ich bis heute nicht vergessen kann. Keine andere Birne, die ich seitdem probiert habe, schmeckte mir.

Nachdem ich unserem Musiklehrer mein spezielles Kirchenlied vorgesungen hatte, bestätigte er mir ein musisches Talent. Nach einer von ihm initiierten Unterhaltung mit meinen Eltern, stellte er ihnen für mich eine schriftliche Empfehlung für die Aufnahme an der Musikschule "Jon Vidu in Timisaara" aus. Mit meiner Oma, die mich begleitete, betrat ich aufgeregt, nach allen Richtungen schauend das Gebäude. Wir mussten in einem Korridor warten, der auf beiden Seiten so viele Türen hatte, dass ich sie gar nicht alle zählen konnte. Plötzlich ging eine der Türen auf und eine Frau rief meinen Namen: "So Pansela, sag mal, was für ein Instrument möchtest du denn gerne spielen?" Vor mir stand die Schuldirektorin. Ich war durcheinander und wusste natürlich überhaupt nicht was ich darauf antworten sollte. Ein Instrument? War es denn nicht meine Stimme, die meinen Musiklehrer so begeistert hatte? Nach einer kurzen Pause sagte die Direktorin: "Weißt du was, Flöte, passt zu dir. Du hast einen Mund mit vollen Lippen der sich hervorragend für die Flöte eignet!" Bevor ich etwas antworten konnte, hörte ich meine Oma sagen: "Ja, die Hauptsache ist, sie wird hier aufgenommen und interniert." Nur weil dies ein Internat für Kinder war, die nicht in der Stadt wohnten, dachte sie, "internieren" ist das richtige Wort dafür. Die Direktorin lachte und antwortete, es wurde an mir liegen, ob ich hier in die Schule gehen wollte. Nachdem ich mit ihr einen Test machte, war sie auch davon überzeugt, dass ich ein gutes Ohr für Musik hätte. So wurde ich aufgenommen auf eine der schönsten und teuersten Schulen in der Großstadt. Ich war glücklich und betrachtete mich als etwas Besonderes, denn nicht jedes Kind aus irgend einem Dorf bekam eine solche Chance. Obwohl meine Eltern viel Geld dafür bezahlen mussten, jeden Monat 700 Lei, das war der komplette Monatslohn meiner Mutter, waren sie einverstanden. Mein jetziger Vater hätte alles dafür getan, uns glücklich zu sehen und vor allem mich. Ich war sein Liebling, von Anfang an. Er liebte mich eindeutig mehr als seine eigene Tochter. Ich war auch die Jüngste. Vielleicht war es mein Glück, dass alle nur das Beste für mich wollten. Nun, meine älteren Geschwister waren schon eifersüchtig auf mich, manchmal auch ganz schön grob und warfen mir immer vor, dass ich die Prinzessin bin.

Die Jahre in Gottlob, zum Zeitpunkt meiner Geburt, waren anscheinend katastrophal. Meine Mutter bekam die Wehen am frühen Morgen. Sie lief alleine in den Ort zur sogenannten Klinik, die eine kleine Praxis mit zwei Zimmern für stationäre Behandlungen war. Gegen neun Uhr war sie dort und zu dieser Uhrzeit war kein Mensch zu sehen. Da sie nun warten musste, setzte sie sich unter Schmerzen auf die Treppe und wartete dort auf den Arzt. Gegen zehn Uhr fing es dann auch noch aus heiterem Himmel zu blitzen und zu donnern an und es regnete in Strömen. Beängstigt hatte sie sich ins Treppenhaus verdrückt und dachte, "entweder ist das jetzt ein gutes Zeichen oder ein furchtbar schlimmes". Nachdem das Gewitter endlich vorbei war, ging sie in den Hof und pflückte eine Blume. In diesem Augenblick erschien die Krankenschwester auf dem Hof. Mutter versteckte die Blume hinter ihrem Schenkel. Kurz danach ist alles vorbei gewesen, ich war da und sie nannte mich "Pansela", wie diese Blume.

Im Kindergarten war ich bei meiner Erzieherin ziemlich beliebt. Sie hatte mich fast die ganze Zeit auf ihrem Schoß sitzen. Einmal hatte meine Schwester mir mein Pausenbrot gemacht, es war Maisbrot und ein Hühnerschenkel vom letzten Abend, Reste vom Abendessen, das mein Vater für uns gekocht hatte. Ich wollte es vor den Kindern nicht essen, weil ich mich schämte, es auszupacken. Das merkte meine Erzieherin, worauf sie ganz lieb sagte, "sie wäre froh, wenn sie auch so etwas leckeres dabei hätte" und aß mit mir zusammen. Sie war ein wundervoller Mensch und ich vermisste sie während meiner ganzen Schulzeit.

Der erste Tag im Internat war ziemlich anstrengend. Wir bekamen unsere Zimmer zugeordnet, die Unterrichtsräume gezeigt und die für mich wichtigste Person, die Flötenlehrerin, Frau Kocisch. Der Saal für den Klavierunterricht war ziemlich groß. Nach meinem ersten Eindruck schätzte ich die Klavierlehrerin als eine harte Frau ein. Es lief alles gut in der Schule, da ich gute Noten schrieb und es mir auf dem Internat sehr gut gefiel. In der fünften Klasse hatte ich mit einem „sehr gut" abgeschlossen. Es lief alles fast zu perfekt. Im Flötenunterricht war ich gut und Frau Kocisch mochte mich. In meinem Zimmer war auch eine Flötistin untergebracht, die drei Jahre älter als ich war, und mir sehr viel half. Beim Sport hatte ich mich für Handball angemeldet, wobei ich mich dann als Torwart auch ganz gut anstellte. Einzig mein Klavierunterricht lief nicht so gut. Die Lehrerin war eine echte Hexe, böse und gemein. Beim ersten Fehler, den ich machte, schlug sie mir mit einem Lineal auf die Fingerkuppen. So ging es die ganzen Jahre, wobei sie immer betonte, sie wolle nur das Beste für uns. Aber mit geschwollenen Fingern konnte ich auch nicht besser spielen. Das führte dazu, dass ich anfing den Klavierunterricht zu hassen und meine Lehrerin gleich mit. Mathematik, Physik und Chemie zählten als Nebenfächer. Wichtige Hauptfächer waren Latein, Französisch, Rumänisch und Musik. In der sechsten Klasse hatte ich auch andere "Dinge" gelernt, außer Musik und Latein. Zum Beispiel "Rauchen" und "Schule schwänzen". Bei der ersten Zigarette lagen wir auf dem Bett und man musste den Rauch eines Zuges so lange im Mund behalten, bis eine Mitschülerin auf zehn gezählt hatte. Erst dann durfte der Rauch ausgepustet werden. Ich war wie besoffen, mir war schwindelig und alles drehte sich mit mir, aber es war egal und so rauchte ich weiter, nicht viel, aber mit zwölf war schon eine Zigarette zu viel. Nachmittags, nach dem Unterricht war ich immer in der Stadt im Park, Eis essen und schon die Jungs beobachten. Da war immer so eine Gruppe von drei, vier Jungs, die sich um diese Uhrzeit im Park herumtrieben. Ich und noch andere aus dem Internat natürlich auch. Irgend eines Tages sprach mich einer von den Jungs an. "Hallo Süße, wie heißt du", fragte er mich. Ich antwortete leise: "Pansela". Darauf sagte er: "Schöner Name, ich mag diese Blume sehr. Was macht ihr denn jeden Nachmittag in dem Zentralpark?" Ich antwortete ihm, dass wir von der Musikschule sind und uns so unsere freien Nachmittage vertrieben. Er meinte, dass es in Ordnung wäre und dass sie dasselbe machen würden. Wir hatten uns lange unterhalten, über alles Mögliche, bis es fast schon dunkel wurde. Er war nett und hübsch, hatte blonde Haare, blaue Augen und war natürlich viel größer als ich und auch fünf Jahre älter. Sein Name war Kaius, was im Rumänischen von Aprikosenbaum abstammte. Nach diesem Tag sahen wir uns regelmäßig. Wir spazierten stundenlang durch die Stadt, aßen Eis und Kuchen und redeten über Gott und die Welt.

Die Jahre vergingen wie im Flug. Inzwischen war ich schon in der achten Klasse. Meine schulischen Leistungen waren nicht mehr auf dem gewohnten Niveau, aber schlecht waren sie deshalb noch lange nicht. Einige Jahre war ich mit Kaius befreundet, aber außer Händchen halten und ab und zu mal einen Kuss auf den Mund, nur obenauf, passierte nichts. Seine Enttäuschung konnte ich ihm in den Augen ansehen, als er ein paar Mal versuchte, mir die Zunge in den Mund zu schieben. Ich schubste ihn weg. Zwei oder drei Mal hatte er es noch versucht, aber ohne Erfolg und ich wurde sauer. Dann hatte er es nicht mehr gewagt.

In der achten Klasse hatte ich mich auch äußerlich sehr verändert. Ich bekam Brüste, rund und ziemlich groß. Meine Haare waren schulterlang, wellig, nicht mehr so gelockt wie früher und nahmen eine kastanienbraune Farbe an. Weil ich sehr dünn war, schämte ich mich für meine dünnen Beine und trug fast nur Hosen. Damals wusste ich noch nicht, dass dünne Beine auch einmal vorteilhaft sein können.

In den Sommerferien fuhr ich wie immer nach Hause, aber dieses Jahr war es etwas Besonderes. In den Ferien wollte ich arbeiten, um mir auf unserem Markt bei den Jugoslawischen Händlern Kleidung kaufen zu können. Mir schwebten Jeans und andere Sachen vor. In der Gärtnerei, in der meine Mutter arbeitete, nahm ich einen Job an. Während den vergangenen vier Jahren waren meine Eltern inzwischen von Gottlob nach Laurin umgezogen. Laurin war sieben Kilometer von Gottlob entfernt und größer. Meine Mutter arbeitete dort in der Gärtnerei und mein Papa war zuständig für die Heizungszentrale. Ich bekam eine Tomatenparzelle, die ich pflegen durfte. Im ersten Monat verdiente ich schon fast 1000 Lei, wie die anderen Frauen die dort arbeiteten. Ich war darüber so happy, dass ich in der Eile um ganz schnell nach Hause zu kommen, meinen Turnschuh verlor. Er lag in einem Fluss, den ich überqueren musste. So kam ich zu Hause an, bekleidet mit nur einem Schuh, aber dafür mit 1000 Lei in der Tasche. Am Wochenende wollte ich dieses Ereignis feiern und lud Lili in den Ort zum Eisessen und auf einen Besuch ins Kino ein. Wir hatten uns früh am Abend gerichtet und gegen sechs Uhr waren wir in der

Cafeteria. Wir aßen Eis, tranken Limonade und saßen an einem Tisch mit Jungs zusammen, die wir gar nicht kannten. Einige Tische weiter saß eine Gruppe, zwei Mädels und drei Jungs. Einer der Jungs war mir sofort aufgefallen. Er war ungefähr 1,80 Meter groß und hatte eine gute Figur. Ich sah es, als er sich kurz erhoben hatte. Seine Haare waren schwarz und seine Augen hatten eine wunderschöne grüne Farbe. Seine Haut war dunkel und er hatte sehr schöne volle Lippen. Er trug eine Jeanshose, Turnschuhe und ein farbiges T-Shirt.

Ich fragte meine Schwester: "Wer ist das?"

"Ah Mirel", sagte sie mit einem eigenartigen Unterton in der Stimme.

"Er ist der Mädchenschwarm im ganzen Ort", erzählte sie weiter und ihre Stimme klang so, als würde sie sich ebenfalls damit einbeziehen.

"So viel ich weiß, hat er zur Zeit keine Freundin und ich denke, dass er von sich so überzeugt ist, dass eine feste Freundschaft ihm nur im Wege stehen würde, bei den vielen Verabredungen, die er hat."

Ich beobachtete den Jungen und dachte: "So eingebildet wirkt der gar nicht und wenn schon, ich bin es noch mehr."

Ich hatte in den letzten vier Jahren auf einer der besten Schulen in Rumänien schon gelernt, wie man sich benimmt, um Klasse zu zeigen. Ich hatte einen guten Geschmack und konnte mich auch mit wenig Geld sehr gut kleiden. Nach einer Weile schaute er in unsere Richtung und unsere Blicke trafen sich für ein paar Sekunden. Er hatte als erster wieder weg geschaut und so hatte ich bereits gewonnen. Vater sagte immer, wenn du einen Hund unter Kontrolle halten willst, schau nie als erste weg und so funktioniert es auch mit den Menschen. Ich hatte mir diese Theorie gemerkt, und wenn ich einen Menschen einschüchtern wollte, hielt ich seinem Blick so lange stand, bis er wegsah. Ein anderer Junge, leider nicht der, den ich anschaute, kam an unseren Tisch, begrüßte meine Schwester mit Küssen, links und rechts auf die Wangen, gab mir die Hand und sagte:

"Mein Name ist Christian, aber alle nennen mich Jogi".

"Gut, mein Name ist Pansela und alle nennen mich Pansela".

Er lachte und meinte: "Kein Problem, irgend einen Spitznamen bekommst du von uns schnell verpasst."

Er fragte, ob er sich zu uns setzen darf.

"Ja, natürlich!" sagte ich.

Er fing ein wenig zu stottern an: "Bist du die berühmte Musikerin aus der Stadt? Alle haben schon von dir gehört, aber keiner kennt dich persönlich".

"Ich weiß schon, wer das alles erzählt, mein Vater!"

"Ja, er ist sehr stolz auf dich! Aber was er nicht gesagt hat ist, dass du so schön bist."

Ich lachte und meinte, dass er nicht übertreiben solle.

"Wieso? Ich sage nur meine Meinung".

"O.k. ich sag dir was, zwischen schön und hübsch gibt es einen Unterschied und ich sehe mich als hübsch an und damit bin ich sehr zufrieden."

Jogi plapperte weiter: "Du bist nicht nur schön, sondern auch intelligent und sehr bescheiden".

Lili und ich lachten und erklärten ihm, dass wir jetzt weitergehen müssten. Wir wollten noch ins Kino. Er erwähnte noch etwas von einer Party und dass es dort recht nett wäre und auch etwas zum Essen und trinken geben würde.

"Mal sehen", sagte ich lächelnd.

"Ich würde euch gerne nach dem Film abholen", ließ er nicht locker.

"Ich weiß nicht, ob das so eine gute Idee ist, ich kenne doch keinen Menschen dort".

"Du kennst mich und außerdem wäre es an der Zeit, dass du uns alle kennenlernst".

"Also, dann bis später".

Wir verabschiedeten uns und an der Kasse trafen wir Nell. Sie war die Tochter von einer Kollegin meiner Mutter. Ein unbeschreiblich hübsches Mädchen. Sie hatte schwarze lockige Haare, fast wie eine Afrikanerin, glänzend und in einem sehr gepflegten Zustand, pechschwarze Augen und war nicht ganz so dünn wie ich. Sie wirkte sehr damenhaft für ihre 16 Jahre. Vor einem Monat hatte ich sie in der Gärtnerei kennengelernt, in der sie ab und zu ihrer Mutter half. Sie wollte nicht so richtig arbeiten wie ich, vielleicht hatte sie das auch nicht nötig. Später erfuhr ich, warum sie nicht arbeiten und Geld verdienen musste. Wir saßen nebeneinander im Kino. Es war ein Liebesfilm aus Indien "Vandana", sehr traurig und romantisch. Wir weinten alle drei. Ich stellte mir vor auch so geliebt zu werden, wenn ich erwachsen bin. Nach der Vorstellung rauchten wir im Kinohof eine Zigarette.

Jogi kam fünf Minuten später und fragte: "Seid Ihr so weit?"

Meine Schwester traf einen Typen, den ich bisher nicht kannte. Sie stellte ihn mir vor und sagte, dass sie gerne bei ihm bleiben würde und ob es mir was ausmachen würde alleine zu der Party zu gehen. Ich war ein wenig enttäuscht von ihr, dass sie mich wegen dem Typ alleine lassen wollte, überlegte ein paar Sekunden und bevor ich antworten konnte sagte Jogi:

"Neli kann doch mitkommen, wenn sie möchte."

"Na gut, dann bin ich wenigstens nicht alleine als Fremde dort und ohne Lili heim zu gehen, das würde sicherlich nicht besonders gut bei meinen Eltern ankommen. Wenn Vater wüsste, dass wir den Abend nicht gemeinsam verbracht haben, würde er uns bestimmt nicht mehr aus dem Haus lassen." Mit meiner Schwester machte ich einen festen Treffpunkt und eine Uhrzeit aus. Ein paar Minuten später waren wir unterwegs zu Jogis Wohnung.

"Wer wird alles da sein, Jogi?"

Er nannte die Namen und gab sich Mühe, mir alle ein wenig zu beschreiben. Die Namen konnte ich mir natürlich nicht alle merken. Auch nicht, wer zu wem gehört.

Der Name "Mirel" ließ mich aufhorchen und ich sagte:

"Diesen Namen habe ich schon einmal gehört".

"Natürlich!" ereiferte sich Neli, "wer im Umkreis von 100 Kilometern hat diesen Namen noch nicht gehört?"

Sie grinste ganz fies dabei. Mein erster Gedanke nach diesem Kommentar war, es müsse sich um einen üblen Kerl handeln, vielleicht ein Schläger oder ein Vergewaltiger. Kurz vor Jogis Wohnung fragte ich ihn, wer dieser Junge wirklich war, ob ich mir Sorgen machen oder vorsichtig sein müsse und wie man mit ihm umgehen sollte, falls er mich ansprechen würde. Er lachte herzhaft und sagte:

"Ich glaube schon, dass du dir Sorgen machen musst. Jeder macht sich Sorgen um Mirel. Er könnte dir gefährlich werden."

Ich wurde skeptisch und ein wenig blass. Er schaute mich an und beruhigte mich:

"Kleine, das schlimmste was passieren könnte ist, dass er dein Herz erobert. Wie ich ihn kenne bist du bestimmt ein Ass für ihn."

Ich erinnerte mich an die Worte meiner Schwester:

"Er ist ein Mädchenschwarm" und damit kam auch der Junge, der am Nachbartisch in der Cafeteria saß, wieder in meine Erinnerung.

"So, so", sagte ich, das ist doch der Junge mit den schwarzen Haaren und den grünen Augen, der heute nachmittag bei euch am Tisch saß?"

"Erstaunlich", sagte Jogi, "dass du dich so genau an ihn erinnerst."

Wir waren da. Das Wohnzimmer war gefüllt mit Mädels und Jungs. Auf einem Sessel in der Ecke saß Mirel, cool, wie eine Schaufensterpuppe, ohne mit der Wimper zu zucken, als wäre er gar nicht anwesend. Er schaute mich einen Augenblick lang an und mir wurde kalt, seine grünen Augen wirkten so eisig. Erst als Jogi sprach, kam ich wieder in die Wirklichkeit zurück und konnte mich von diesem Blick lösen. Merkwürdig dachte ich, so ein Typ müsste Wärme und Freude ausstrahlen und nicht diese endlose Kälte, wenn er angeblich so ein beliebter Mensch ist. Jogi stellte mir alle vor. Ganz zum Schluß blieb Mirel übrig, der unbeweglich in seinem Sessel sitzen blieb. Ich stand vor ihm, streckte meine Hand aus und nannte meinen Namen. Er schaute mir fest in die Augen, nahm meine Hand und küsste meinen Handrücken, ohne seinen Blick von mir abzuwenden. Seine Lippen waren weich und sein Kuss war äußerst zart.

"Sehr erfreut, mein Name ist Mirel", sagte er und schaute mir dabei immer noch in die Augen.

Ich schenkte ihm ein kurzes Lächeln, zog langsam meine Hand zurück und ging an das andere Ende des Zimmers. Der Raum war erfüllt von guter Musik und fröhlicher Stimmung. Da war noch ein Junge, deutscher Abstammung, er hieß Stefan. Seine Kleidung und seine Frisur waren eine Katastrophe. Er meinte, er müsse als Rocker auftreten und benahm sich auch wie ein Rocker. Der beste Freund von Jogi war Manu. Ein großer, dunkelblonder, schmaler Junge, mit einem markanten Gesicht, einem sehr breiten Mund, heller Haut und hellbraunen Augen. Jemand schlug ein Spiel vor.

"O.k.!" sagte ich, das ist gar keine schlechte Idee, aber was, wir sind ziemlich viele und für den schwarzen Mann sind wir schon zu alt."

Jogi und Manu schlugen Flaschendrehen vor. Das Spiel mit der Wahrheit oder Lüge. Dieses Spiel kannte ich noch nicht. Als ich die Spielregeln hörte war mir klar, dass es hierbei ausschließlich um das Küssen ging, wenn du dir alle Wahrheitsfragen ersparen willst. Ich dachte mir, ein bisschen Küssen würde mir auch nicht schaden. Vielleicht würde ich sogar von Mirel bestraft. Aber ob er mich auch küssen mag? Jeder war schon einmal dran. Entweder fragen, antworten, küssen oder etwas singen, Spagat machen, alles Mögliche von Sport bis Tanz und Gesang. Ich denke, es dauerte eine und eine weitere halbe Stunde, bis Manu die Flasche zu mir drehte. Er grinste und sagte:

"Endlich bist du auch mal dran. Was ist, Wahrheit oder Flucht?"

Ich stöhnte:

"Auf Fragen zu antworten habe ich nun wirklich keine Lust mehr. Den ganzen Abend wurde ich schon ausgefragt, wie bei der Kripo. Wie alt bist du, in welche Schule gehst du, was für Hobbys hast du, hast du einen festen Freund? Ich entscheide mich für Flucht".

Manu war der Meinung, dass alle mindestens ein Mal einen geküsst hatten, nur ich noch nicht. "Also, befahl er, musst du auch jemanden küssen."

Am liebsten hätte ich mich selbst ausgesucht, aber das ist bei diesem Spiel leider nicht erlaubt. So musste ich einem anderen den Gefallen tun".

Er schaute sich einmal in der Runde um, pickte Mirel heraus und stellte fest: "Du bist heute Abend auch noch nicht geküsst worden".

Ich biss mir auf die Unterlippe, wie immer, wenn ich ein wenig nervös oder unsicher war, schaute Mirel an, lächelte und sagte:

"Na ja, so wie das jetzt aussieht, kommen wir nicht mehr davon".

Ich wusste nicht, was ich tun sollte, lieber aufstehen und zu ihm gehen oder einfach abwarten, bis er zu mir herüber kommt?

Während ich kurz zögerte, stand Mirel schon vor mir, nahm meine Hand und zog mich vom Stuhl hoch. Ich stand direkt vor ihm, schaute ihm in die Augen und war wie gelähmt. Er drückte fest meine Hand. Seine Augen waren geschlossen, als er mit seinem Kopf dicht zu mir kam und seinen Mund auf meinen Mund legte. Es war eine sanfte und besonders zarte Berührung. Dann bewegte er seine Lippen und umschloss meine Lippen mit einer Zärtlichkeit, die ich noch nicht kannte und die Bewegungen waren mir auch fremd. Ich war bis dahin noch nie so geküsst worden. Ich wünschte mir dass dieser Kuss niemals enden würde. Als er aufhörte, hatte ich das Gefühl, dass irgend etwas warmes und weiches von mir weggenommen wurde.

Es war mein erster richtiger Kuss und es war phantastisch, unbeschreiblich schön. Als Mirel meine Hand wieder los lies, sagte er:

"So habe ich es mir auch vorgestellt, deine Lippen sind zum Küssen wie geschaffen".

Ich setzte mich wieder hin und drehte die Flasche. Mirel ging nicht mehr an seinen Platz zurück. Er setzte sich neben mich auf den Boden. Die Flasche hörte bei Neli auf sich zu drehen. Ich ließ Neli etwas singen. Bei der nächsten Runde musste Mirel eine Fluchtstrafe bekommen.

Manu und Jogi sagten:

"Wir haben keine Zigaretten mehr, dann musst du uns welche besorgen."

"O.k.!" sagte Mirel, "aber alleine gehe ich nicht, darf ich mir eine Begleitung aussuchen?"

Die Jungs waren einverstanden und Mirel drehte sich zu mir und fragte: "Würdest du bitte mitgehen?"

"O.k., ich muss mir auch Zigaretten kaufen und es ist schon Zeit, Lili zu treffen, dann kann ich gleich draußen auf Lili warten".

"Super, so machen wir das."

Es war inzwischen schon kurz nach Mitternacht. Ich verabschiedete mich, bedankte mich bei Jogi für die Einladung und wir vereinbarten einen Treffpunkt für den nächsten Tag im Park. Mirel und ich liefen auf der Straße nebeneinander her, ohne ein Wort zu sagen, als Mirel mich fragte, ob ich nur für die Sommerferien zu Hause sei.

Ich sagte: "Ja, im Herbst bin ich wieder weg."

"Ja, aber du kommst am Wochenende?"

"Eigentlich nicht oft. Meine Eltern besuchen mich auch."

"Wenn du einen Grund hättest, ich meine was Wichtiges das dich hier her ziehen würde, würdest du doch sicher kommen?"

"Was könnte so wichtig für mich sein, hier im Dorf meine Wochenenden zu verbringen? Außerdem muss ich am Wochenende üben."

Er sagte eine Weile nichts und dann ganz leise: "Ein Freund."

Ich blieb stehen, schaute ihn an und wusste nicht, was ich ihm antworten sollte. Was sollte diese Spekulation bedeuten? Will er mein Freund sein? Bevor ich etwas sagen konnte, umarmte er mich und flüsterte in mein Ohr:

“Ich mag dich sehr und würde mich freuen, wenn ich dein Freund sein dürfte.“
Ich zog mich ein wenig zurück und er ließ mich langsam aus seiner Umarmung los.

“Wir kennen uns doch kaum“, versuchte ich ihn zu beruhigen.

“Dann gib uns die Chance, uns kennen zu lernen“, bettelte er.

“Wir haben den ganzen Sommer Zeit dafür“, stotterte ich.

Für mich war es das erste Mal, dass ein Junge mir seine Freundschaft anbot. In diesem Ort sollte ich offiziell seine Freundin sein. Für einen einzigen Tag in meinem jungen Leben war das Alles ein bisschen viel auf einmal. Erst die Party, dann das Küssen und zuletzt auch noch einen festen Freund! Ich dachte, aller guten Dinge sind drei. Seinen "Antrag" musste ich einfach annehmen, und davon abgesehen gefiel mir Mirel ja auch ziemlich gut. Er ist der am besten aussehende Junge im ganzen Umkreis. Wieso nicht? Es wird bestimmt eine tolle Zeit und wenn es auch nur über die Sommerferien geht. Ich war mir im Moment ziemlich sicher, dass es nach den Ferien sowieso vorbei sein würde, wenn ich wieder in der Stadt wäre und er hier. Solange ich mir dies durch den Kopf gehen ließ, stand Mirel vor mir, wie ein kleiner Junge, der auf ein Geschenk wartet, ungeduldig und fast nervös. In dem Moment, als ich ihm wieder in die Augen schaute, war sein Blick traurig.

“Bitte lass es uns versuchen.“

Ich sagte: “O.k.”

Plötzlich war die Spannung weg. Er hob mich mit seinen Armen hoch, drehte sich einmal mit mir um die eigene Achse. Als meine Füße wieder den Boden berührten, küsste er mich mit einer Leidenschaft, die für mich ganz neu war. Mir wurde schwindelig und ich bekam kaum noch Luft. Wir liefen danach weiter, Arm in Arm und alle zehn Meter machten wir eine Kusspause. Wir kauften die Zigaretten und liefen zurück zu Jogi's Haus. Hier sollte ich auch meine Schwester treffen. Wir setzten uns auf ein Stück Holz, das praktisch wie bestellt, gerade vor uns lag, sprachen über viele Dinge und immer wieder umarmte er mich, küsste jeden Zentimeter meines Gesichts, meine Nase, meine Stirn, meine Wangen und die Hände. Ich fühlte mich wie auf einem anderen Stern. Alles, was er tat, war zärtlich, sanft und wundervoll. Ich war glücklich und wünschte mir, dass es nie wieder aufhört.

Kurz nach ein Uhr kam dann meine Schwester mit ihrem Freund. Sie schaute mich an, zog ihre Augenbrauen nach oben in einer Art und Weise, die nur sie drauf hatte und gab mir ein Zeichen. Ich verstand schon, was sie meinte, lächelte, schloss die Augen, als Zeichen für ja.

"Wir wollen los", sagte Lili.

"In Ordnung", murmelte ich und wollte mich mit einem Gute-Nacht-Kuss von Mirel verabschieden.

"Ich begleite euch nach Hause", sagte Mirel schnell.

Ich freute mich darüber und dachte: "Abgesehen davon, dass er ein gut aussehender Typ ist, hatte er auch noch gute Manieren."

Wir liefen zu viert (Lili's Freund war auch noch dabei) durch den Park, der im Grunde eher ein Wald war. Er war klein, aber immerhin ein Wald, mit ein paar Alleen und Sitzbänken, umgeben von einem Zaun mit einen mächtigen Stahltor, zur Straße hin abgegrenzt. Bestimmt war es für die Jugendlichen ein Ort, der sich perfekt als Treffpunkt eignete, ganz besonders in den Sommermonaten. Am Zaun entlang liefen riesige Röhren, in denen Mineralwasser lief, das unser Freibad mit Wasser versorgte. Das Wasser kam warm aus der Quelle. Hier war der Treffpunkt unserer Clique, versteckt und ungestört von Blicken der Erwachsenen. Lili und ihr Freund liefen ein paar Meter vor uns und jedes Mal, wenn sie anhielten, um sich zu küssen, taten wir es auch. Oftmals küssten wir uns länger und blieben weiter zurück. Dann mussten wir schneller laufen, um die Entfernung wieder aufzuholen. Als wir vor unserem Haus angelangt waren, blieben wir noch eine gute Stunde draußen, bis wir sicher waren, dass alle Lichter aus waren und alles schlief. Es war schon drei Uhr, als Lili meinte, wir sollten jetzt rein gehen, wenn wir morgen zum Frühstück einigermaßen fit sein wollen.

"Hoffentlich merkt Papa nichts, sonst dürfen wir morgen nicht ins Freibad gehen", sagte ich besorgt.

Mirel umarmte mich lange, küsste mich leidenschaftlich und sagte:

"Das war der schönste Tag in meinem bisherigen Leben. Ich bin so froh, dass ich dich kenne!"

"Ich auch", flüsterte ich leise.

Dann sagte er: "Gute Nacht mein kleines Kätzchen!"

Ich dachte, wenn er mich so nennen will, warum nicht, solange es lieb gemeint ist, soll es mir recht sein.

Er stand noch da, als wir längst im Haus verschwunden waren. Ich sah ihn von meinem Fenster aus, bis wir das Licht ausgemacht hatten.

Die Sonne schien in mein Zimmer, als ich aufwachte und auf die Uhr schaute. Sie zeigte kurz vor zehn an. Gut, dachte ich, heute ist Sonntag, da ist es kein Problem, solange zu schlafen. Ich öffnete das Fenster und ging danach in die Küche. Meine Mutter bereitete bereits schon das Mittagessen vor. Ich fragte nach Papa. Sie sagte, dass er im Hof sein müsste und ein Huhn für das Mittagessen schlachtete.

"Sind die anderen alle schon wach?", fragte ich ein wenig verlegen.

"Ja, deine Geschwister sind in ihrem Zimmer."

"Ich gehe mir nur kurz die Zähne putzen, dann helfe ich dir", versprach ich Mama.

"In Ordnung, das ist keine schlechte Idee", freute sie sich und fügte unvermittelt hinzu: "Wie war euer erster Abend im Dorf?"

"Oh ja, ganz gut, wir waren noch im Kino und danach haben wir uns draußen noch lange unterhalten. Wir haben auch andere junge Leute kennengelernt; es war richtig nett."

"Sehr schön", meinte sie und vertraute mir.

Ich wollte sie auch nicht anlügen und lenkte vom Thema ab. Sie sollte sich über mich keine Sorgen machen müssen, die sie hätte, wenn Sie die Wahrheit gewusst hätte. Bei Papa war das schon etwas schwieriger. Ihm könnte ich nichts vormachen. Er spürte sofort, wenn ich nicht die ganze Wahrheit sagte. Ich lief kurz ins Bad, kramte meine Zahnbürste, meinen Waschlappen und die Seife heraus und ging nach draußen an den Brunnen um mich frisch zu machen. Ich liebte die frische Luft beim Waschen.

"Guten Morgen!" rief Papa vom Garten aus.

"Kann man schon so früh am Morgen wach sein?" Er lächelte dabei ironisch.

"Natürlich!" rief ich zurück.

"Ich bin doch ein Frühaufsteher, das weißt du doch!"

"Na, dann komm mal zu mir und lass mich hören, wie dein gestriger Abend verlaufen ist."

Ich ging zu ihm und vermied den direkten Blickkontakt. Ich wusste, wenn er mir in die Augen schaut, brauche ich erst gar nicht zu versuchen, ihm etwas anderes zu erzählen, als die Wahrheit. Vater bemerkte es und bevor ich etwas sagen konnte, sagte er:

"Ich will nur die Wahrheit und nichts als die Wahrheit hören."

Worauf ich ihn fragte: "Auch wenn es nicht so angenehm für dich sein könnte?"

"So schlimm kann es gar nicht sein, ich kenne doch meine kleine Tochter. Sie würde nie etwas tun, was mich enttäuschen könnte oder worüber ich mir Sorgen machen müsste", sagte mein Vater und lächelte dabei wie ein kleiner Junge. Mit diesen Worten und seinem Vertrauen zu mir hatte Vater sein Ziel erreicht. Ich hatte Respekt und Achtung vor ihm und würde niemals etwas tun, das seinem Ruf schaden könnte. Er war ein wunderbarer Mensch und ich konnte ihm alles anvertrauen, ohne dass ich befürchten musste, von ihm bestraft zu werden. Später waren meine Eltern für mich die besten Freunde, die man haben kann. Meinem Papa schilderte ich den Verlauf des Abends, ließ jedoch sicherheitshalber das Küssen und die Tatsache weg, wie gut ich mich dabei gefühlt hatte.

Er meinte: "Mirel kommt aus einer guten Familie. Ich kenne seinen Vater. Er ist Direktor bei CLF, einer großen Firma im Ort. Der Junge sieht gut aus und weiß dies vermutlich auch. Du wirst immer Konkurrenz haben, bei solch einem Jungen." Er lächelte mich ein wenig mitleidig dabei an.

"Ich glaube, es gibt für ihn keine andere als mich. Ich bin einzigartig und ich habe auch keine Angst vor Rivalinnen. Ich komme schon damit klar und wenn er nicht so hübsch wäre, würde er mich auch gar nicht interessieren."

"Ganz schön oberflächlich von dir. Du solltest nie vergessen, Schönheit vergeht, der Charakter bleibt".

"Oh Papa, mir ist ein schöner Mann mit weniger gutem Charakter lieber, als ein hässlicher Mann mit viel Charakter."

Vater lachte. "Ich bin mir ziemlich sicher, dass du in ein paar Jahren eine andere Meinung dazu haben wirst. Solange du jung und hübsch bist, kannst du es genießen und dir nur hübsche Jungs aussuchen."

Nach dem Mittagessen war ich schon total ungeduldig und aufgeregt. Ich konnte es kaum erwarten, Mirel wieder zu sehen. Lili und ich hatten gegen zwei Uhr alles für das Freibad eingepackt und waren startklar. Wir eilten in Richtung Zentrum, Lili, Ica und ich. Ica war eine Nachbarin von uns, ein nettes Mädchen, ein paar Jahre älter als ich und immer gut angezogen. Für meinen Geschmack jedoch ein wenig zu glamourös. Natürlich wusste ich nicht, dass sie auch eine von denen war, die nach Mirel verrückt waren.

Lili fragte mich: "Na, bist du froh, Deinen Schatz wieder zu sehen?"

"Klar, ich kann es kaum erwarten!"

Ica wollte wissen um welchen Schatz es sich denn handeln würde.

Darauf antwortete Lili nur: "Lass dich überraschen."

Anscheinend wusste die Hexe, dass Ica auf ihn steht und wollte es spannend machen. Sie freute sich sicherlich schon auf ihre Reaktion. Wir waren endlich da. Ich schaute mich bereits am Eingang um, keine Spur von Mirel und den Jungs. Wir suchten einen guten Platz, breiteten unsere Badetücher und Liegematten aus, zogen uns um und lagen gemütlich da. Ich lag mit dem Rücken zum Eingang und irgendwie spürte ich, dass hinter mir jemand stand. Bevor ich mich umdrehen konnte, legten sich zwei Hände über meine Augen. Ich sollte jetzt wohl raten, wer das ist. Ich dachte, auch wenn es Mirel ist, sage ich einfach einen anderen Namen, um zu sehen, wie er reagiert.

"Komm, lass es Jogi!".

Ich hatte richtig geraten. Ein wenig enttäuscht war ich schon, aber ich dachte, Mirel wird schon bald da sein. Ich traute mich auch nicht, Jogi nach ihm zu fragen. Koinor von uns wusste, und ich war mir auch nicht sicher, ob er heute die gleiche Meinung wie gestern hatte. Wir badeten, sprangen mit Jogi herum und kurz darauf kamen Manu, Steffi und noch andere dazu.

Manu frage mich, wann ich mit Mirel verabredet wäre.

Ich schaute ihn skeptisch an und sagte: Wie meinst du das?"

Darauf antwortete er: "Ja, wann seht Ihr Euch?"

"Ich weiß nicht, halt wenn er kommt."

"Ist er gestern nach dem wir Zigaretten geholt hatten, nochmals zurückgekommen?"

"Ja! , ich weiß es schon", sagte Manu.

“Was weißt du?”

“Ja, dass ihr ein Paar seid.“

“So, so”, sagte ich und “was hat er noch erzählt und wer weiß schon alles davon?”

“Ich denke alle, die da waren. Mirel war so happy und konnte einfach nicht nach Hause gehen, bevor er uns nicht alles erzählt hatte”.

“Ja, wie hatte er das denn formuliert?”

“OK sagte Manu, ich kann dir erzählen wie alles angefangen hat - aber bitte verrate es keinem Menschen. Gestern Nachmittag warst du mit Lili in der Cafeteria. Schon als ihr herein gekommen seid, hat Mirel dich bemerkt und fragte uns, wer du bist. Keiner von uns konnte ihm was über dich sagen, weil wir dich auch nicht kannten. Jogi wurde von uns angestiftet dich und Mirel irgendwie zusammen zu bringen, weil er vom ersten Augenblick an von dir fasziniert war."

“So muss meine Freundin aussehen und ich würde alles dafür tun, dieses Mädchen als Freundin zu haben.”

Als ich das mit eigenen Ohren von Mirel hörte, war ich überrascht, denn bisher liefen alle Mädchen nur ihm hinterher. Deshalb wussten wir sofort, dass er es ernst meint. Es war geplant, dass Jogi dich zur Party mitbringt. Danach lag alles weitere an euch.”

Ich hörte mir das an und war noch glücklicher, denn jetzt wusste ich, dass er mich wirklich mag.

“Was denkst du, wie findest du das?”

“Solange ihr keine schlimmeren Dinge anstellt, ist das völlig in Ordnung.”

“Was denkst du, wir sind doch anständige Jungs, und wie findest du Ihn?” fragte Manu.

“Er ist in Ordnung.”

“Nur in Ordnung? Er ist phantastisch!” sagte Manu.

“Schon gut, er gefällt mir und was ich bis jetzt beurteilen kann, ist nur positiv.”

Wir saßen auf den Treppen, halb im Wasser, waren total in unser Gespräch vertieft und merkten dadurch nicht, dass Mirel zu meinen Füßen im Wasser stand. Plötzlich fühlte ich eine Hand an meinem Fußrücken, schaute nach unten und da stand er strahlend.

“Hallo Kätzchen, ich habe dich so vermisst!”

“Hallo, ich dich aber nicht,” sagte ich lachend.

“Ah, so ist das. Unterhältst dich mit meinem Kumpel und hast mich schon vergessen.”

“Ja, so ist das eben, wenn du mich solange warten lässt.”

Er streckte sich über meine Beine nach oben und küsste mich ganz sanft und lange, bis Manu sagte: “Hallo, ich bin auch noch da, oder bin ich transparent?”

Mirel küsste mich weiter. Nach einer Weile hörte er auf, drehte sich zu Manu um und gab ihm die Hand.

“Ich brauche dich doch nicht so begrüßen, wie ich Pansela begrüße, oder doch? Willst du auch einen Kuss?” meinte er ironisch.

“Ja, ich will es auch, aber nicht von dir.”

“Von wem denn dann?”

“Von ihr” und streckte seinen Kopf in meine Richtung.

“Ja okay”, sagte Mirel. “Wenn du danach auch eine auf den Deckel willst.” Wir lachten alle darüber. Mirel zog mich zu sich ins Wasser.

Manu sagte: “Jetzt bin ich ja wohl überflüssig, dann gehe ich halt zu Ica.”

Mirel meinte: “Ja tu das, die passt zu dir.”

Wir waren danach eine Weile mit Küssen beschäftigt. Immer wieder kam eine oder einer, um uns aus unserer Traumwelt zurückzuholen. Es war ein wunderschöner Sonntag. Die Sonne schien bis spät in den Abend hinein. So konnten wir recht lange im Freibad bleiben. Als wir wieder zurück an unseren Platz kamen, waren einige von unserer Clique schon nach Hause gegangen. Manu, Ica, Lili und auch wir beide trockneten uns ab, räumten unsere Sachen zusammen, zogen unsere Kleidung über den Badeanzug, die Jungs ihre über ihre Badehosen und machten uns auf den Weg in den Park. Am Ausgang kaufte Mirel noch zwei Langosi zum Essen für uns.

“Ich habe aber keinen Hunger”, sagte ich.

“Natürlich hast du nach so einem langen Tag im Wasser Hunger. Du musst was essen. Es ist das erste Mal, dass ich dich einlade”.

“Du hast recht, dann muss ich es essen, danke”.

Wir setzten uns auf die erste Bank im Park und aßen unsere Langosi. Danach liefen wir Hand in Hand in Richtung unseres Treffpunkts in der Parkmitte. Wir bemerkten schon von weitem, wie alle den Kopf mit neugierigem Blick in unsere Richtung drehten. Vor allem merkte ich sofort die Reaktion von Ica. Sie zog ihre Stirn zusammen und schaute konzentriert zu uns.

"Hallo miteinander. Na Ihr zwei, habt Ihr genug vom Wasser?" fragte Manu.

"Ja, irgendwann reicht es, sonst wären wir als Frösche herausgekommen. Wahnsinn, wie schnell der Nachmittag vergangen ist, es ist schon fast neun", sagte Mirel, während er auf seine Armbanduhr schaute.

"Es ist kein Wunder, wenn man frisch verliebt ist", meinte Jogi, worauf Ica fragte: "Wie ihr seid frisch verliebt, ich meine richtig zusammen?"

"Ja", sagte Mirel, "überrascht dich das?"

"Schon, wie lange kennt Ihr euch denn?"

"Seit gestern", sagte Mirel. "Aber das spielt keine Rolle, wenn man spürt, dass der andere der Richtige ist, oder was meinst du mein Kätzchen?"

Er schaute mich dabei verliebt an.

"Ich denke genau so, man muss so etwas nicht planen. Ich meine, wenn du dich verliebst, gibt es dafür keinen bestimmten Zeitpunkt."

"Ja, dann wünsche ich euch viel Glück", sagte Ica mit gespieltem Interesse.

Wir trafen uns fast jeden Tag, Mirel und ich. An den Wochenenden waren wir so lange wie nur möglich zusammen. Es klappte alles wunderbar. Zwei Monate waren wir nun schon ein Herz und eine Seele und außer Küssen und vielen Umarmungen passierte nichts, bis zu diesem Sonntag nach dem Freibad. Irgendwie hatte der Bademeister uns im Wasser übersehen. Es war ziemlich spät, fast schon dunkel und wir saßen immer noch im Pool an den Treppen. Das Wasser war angenehm warm. Die Lichter gingen aus.

"Jetzt sind wir allein", sagte Mirel. "

Es ist toll, oder was meinst du, Kätzchen?"

"Ja, es ist schön und so still und nur wir beide in so einem riesigen Pool."

Ich hatte in meinem Bauch und in meiner Brust so ein Gefühl, als müsste ich vor irgend etwas Angst haben. Wir küssten uns. Mirel fing an, meinen Körper zu streicheln. Erst an der Hüfte, dann meinen Po, langsam über meinen Rücken und danach über den Bauch, bis er meine Brüste erreichte. Ich zuckte ein wenig zusammen und er hörte auf.

"Wenn du das nicht möchtest, sage es bitte. Ich will nicht etwas tun, was du nicht willst. Ich wünsche mir, das erst zu tun, wenn du bereit dafür bist."

Ich dachte einen Moment nach, ob ich das will. Ich spürte in meinem ganzen Körper ein ungewöhnliches Kribbeln und mir wurde ganz heiss. Ich war hin und her gerissen, mein Verstand sagte nein, aber mein Körper und mein Herz ließen mich spüren, dass ich es wollte. Ich sehnte mich nach ihm und ich liebte ihn. Ich wusste, dass ich es nie bereuen würde, mit meiner ersten Liebe intim zu sein.

"Nein, es stört mich nicht. Ich will, dass du weitermachst. Ich will dich."

Er küsste mich weiter. Seine Hände glitten wieder über meinen Körper und ich spürte seinen harten Penis an meinem Schenkel. Er streichelte meine Vagina mit der Hand über dem Badeslip und nach einer Weile zog er mich langsam aus. Wir glitten aus dem Wasser. Die Betonplatte war noch warm von der Sonne des Tages, ein wenig hart, aber es machte mir nichts aus. Ich spürte nur Lust, Lust nach ihm, Lust nach etwas Unbekanntem. Ich konnte es kaum erwarten, ihn zu spüren, zu wissen wie es sich anfühlt Sex zu haben. Tief in meinem Inneren machte sich noch ein wenig Angst bemerkbar, aber ich vertraute ihm. Ich wusste, dass er mir nie weh tun könnte und dass er es sofort sein lässt, wenn es mir nicht gefällt und ich ihm das sagen würde. Ich fühlte, dass meine Vagina nass wurde und ganz heftig pulsierte. Mirel küsste mich zwischen meinen Schenkeln, dann meinen Bauch. Er leckte meine Brustwarzen mit seiner Zunge, nahm sie in den Mund und saugte ganz sanft daran. Er rieb seinen Penis an meinem Oberschenkel und er war so hart, dass es mir fast weh tat.

Er flüsterte mir ins Ohr: "Bist du bereit, mein Kätzchen?"

"Ja, lass es uns tun."

Er küsste und leckte meine Vagina. Mein Körper zitterte vor Lust. Ich wünschte mir, dass es endlich passiert. Er versuchte langsam in mich einzudringen. Es ging nicht und es tat ein bisschen weh. Nach ein paar Versuchen hatte Mirel eine Ejakulation. Er konnte es nicht mehr aushalten, aber er hörte nicht auf mich zu streicheln. Er rieb seinen Penis an meiner Vagina und es war super, ein wundervolles Gefühl. Er war nicht mehr so hart und es fühlte sich noch besser an. Nach einer Weile bebte mein ganzer Körper und meine Vagina pulsierte stark. Ich hatte meinen ersten Orgasmus, noch als Jungfrau. Wir lagen noch eine Weile zusammen. Mirel küsste mich ununterbrochen. Wir waren glücklich. Wir hatten es getan und es war schön. Auch wenn es nicht als kompletter Sexakt bezeichnet werden konnte, war es für den Anfang genug. Irgendwie war ich dann doch froh darüber, dass wir es jetzt noch vor uns hatten. Ich war noch Jungfrau und trotzdem befriedigt. Ich hatte einen wunderbaren Orgasmus und er auch.

Wir trafen uns weiterhin jeden Tag und hatten viel Spass miteinander, auch mit den anderen Jungs und Mädchen aus der Clique. Ich verstand mich super mit Manu, Jogi und Neli. Wir waren ein unzertrennliches Team und besuchten oft Discos in anderen Ortschaften. Wir sind mit dem Zug hingefahren und danach zurückgelaufen. Manchmal ging es zehn Kilometer auf der Straße an den Bahnlinien entlang. Ich lernte im Park Motorrad fahren und später auch auf der Straße. Ein Nachbarjunge lud mich ein, mit ihm auf dem Fahrrad zu fahren. Er mochte mich sehr, aber ich merkte es nicht. Ich war zu verliebt in Mirel, dass ich überhaupt nicht merken konnte, dass Adrian in mich verliebt war. Ich behandelte ihn wie einen guten Kumpel und tat ihm damit unbewusst weh. Manchmal, wenn er mich auf seinem Fahrrad heimfuhr, sagten unsere Nachbarinnen, die Frauen, die fast immer auf der Bank vor den Häusern saßen und sich unterhielten: "Ihr seid aber ein schönes Paar. Hoffentlich werden wir auch zu Eurer Hochzeit eingeladen."

Wir lachten und sagten: "Es ist noch viel Zeit bis dahin."

Adrian war ein toller Junge. Er hatte blonde, lange Haare und hellbraune Augen. Er war schmal und richtig groß für seine 17 Jahre. Einmal trafen wir uns vor der Bäckerei beim Brot kaufen. Weil er mich nach Hause fahren wollte, setzte ich mich auf seine Fahrradstange, als jemand hinter uns pfiff. Ich drehte mich um und wen sah ich da, Mirel mit strahlendem Lächeln im Gesicht. Wir fuhren zu ihm hin.

"Hallo Kätzchen, hallo Adi!" Er gab mir einen Kuss auf den Mund und umarmte mich. "Hallo, mein Schatz", sagte ich.

Adrian sagte auch Hallo zu Mirel, gab ihm die Hand und meinte:

"Wie ich sehe, bist du in guten Händen und ich nehme an, dass du es jetzt auch nicht mehr so eilig hast, nach Hause zu kommen. Dann werde ich jetzt fahren." Mit einem Tschüs und einem komischen Gesichtsausdruck fuhr er davon.

Ich war ein wenig überrascht über seine Reaktion und blieb eine Weile still mit weit geöffneten Augen stehen.

Mirel schaute mich an und sagte: "Ich glaube, ich muss besser auf dich aufpassen und darf dich wohl keinen Augenblick mehr alleine lassen. Du machst die Jungs verrückt und irgendwann muss ich mich mit denen um dich schlagen."

"Ach Unsinn!" lachte ich. "Adi ist doch nur ein guter Kumpel und ich denke nicht, dass er etwas anderes für mich empfindet, als Freundschaft."

"So, denkst du Kätzchen."

Ich kannte Adrian schon lange und dachte darüber nach, ob mir an seinem Verhalten etwas seltsames aufgefallen war. Tatsächlich nahm er manchmal meine Hand und küsste sie. Aus Spass dachte ich, zumindest bis jetzt. Wenn er mich nach Hause brachte und die Omas ihre Bemerkungen darüber fallen ließen, strahlten seine Augen ungewöhnlich und er sagte:

"Ja, du wärst bestimmt eine wunderschöne Braut."

Der Sommer war fast zu Ende und ich musste bald wieder in die Stadt an meine Schule zurück. Von Tag zu Tag wurde ich trauriger und verbrachte jede freie Minute mit Mirel.

Er versuchte mich zu trösten: "Versprich mir, dass wir uns jedes Wochenende sehen werden. Du musst jedes zweite Wochenende nach Hause kommen und ich besuche dich an jedem zweiten Sonntag in der Stadt. So können wir uns jede Woche sehen."

Wir gaben uns gegenseitig dieses Versprechen. Auf dem Fest, das zum Ende des Sommers im September statt fand, war fast das ganze Dorf anwesend. Es gab dort alle möglichen Leckereien zu essen. Überall waren Grills aufgestellt und der Duft von frisch gegrilltem Fleisch verbreitete sich über die ganze Ortschaft. Alle paar Meter waren Stände mit Süßigkeiten, Getränken und anderen Leckereien aufgebaut. Ein Musikorchester war auch da. Die Musikanten spielten Jazz und abwechselnd fröhliche und traurige Balladen. Die älteren Leute saßen an den Tischen, während wir Jugendlichen überall in Gruppen verstreut herum saßen oder standen. Mirel und ich tanzten fast den ganzen Abend zusammen. Ich liebe Musik, und das Tanzen ist meine zweite Leidenschaft. Ich hatte Glück, dass Mirel ebenso gerne und vor allem auch so gut tanzen konnte.

So gegen ein Uhr fragte mich Mirel, ob wir uns nicht zurückziehen wollten, um noch ein wenig alleine zu sein.

"Natürlich!" antwortete ich. Ja, ich vermisste ihn. Wir hatten seit dem Vorfall im Freibad nicht mehr die Gelegenheit, ungestört und alleine zu sein, um intim zu werden. Wir verließen den Saal, nicht zusammen, sondern einer nach dem anderen, damit die Leute nicht über uns reden konnten. Im Park angekommen, setzten wir uns auf eine Bank und fingen an, uns zu küssen. Mirel unterbrach plötzlich und fragte mich:

"Pansela, ich weiß, dass unsere Zeit wunderbar war, zumindest für mich. Ich bin in dich verliebt, seit ich dich zum ersten Mal sah. Bevor du mir eine Frage beantwortest, will ich dir sagen, dass ich dich wahnsinnig liebe. Liebst du mich auch?"

Ich schaute ihn an und in meinen Kopf liefen alle Erlebnisse und Ereignisse wie in einem Film ab. "Wenn alles, was wir erlebt haben so schön war, und meine Gefühle, die ich in Deiner Nähe empfinde und die Gänsehaut, die ich bekomme, wenn du mich berührst Liebe ist, dann, ja dann liebe ich dich!"

Mirel zog mich zu sich und küsste meine Nase. "Ich hoffe, dass diese Gefühle nie zu Ende gehen und ich hoffe, dass du für immer und ewig mein Kätzchen sein wirst."

Ich küsste ihn und sagte: "Wir sind doch noch so jung. Wir dürfen jetzt noch nicht unsere ganze Zukunft verplanen. Wir sollten es auf uns zukommen lassen. Auch ich wünsche mir, mit dir alt zu werden, aber wir wissen noch nicht, was morgen passiert und was auf uns zukommt."

"Kätzchen, ist es zuviel verlangt, wenn das doch mein einziger Wunsch ist?"

"Nein, mein Schatz, die Wünsche stehen dir offen. Du kannst dir wünschen, was du willst. Ob das in Erfüllung geht, wissen wir nicht. Aber du sollst nicht zu viel erwarten von Deinen Wünschen, denn wenn sie nicht erfüllt werden, dann ist die Enttäuschung zu groß."

"Du redest sehr weise, Kätzchen, aber bitte versprich mir, dass du mich nicht enttäuscht und dass du bei mir bleibst und mich liebst."

"Ich werde dich nicht enttäuschen und werde dich immer lieben", sagte ich. Wir küssten uns leidenschaftlich. Er streichelte meinen Körper überall und spielte mit seiner Hand und den Fingern zwischen meinen Beinen. Bis jetzt hatte ich mich noch nicht getraut, auch seinen Körper zu küssen oder zu streicheln und schon gar nicht seinen Penis anzufassen. Aber an diesem Abend wollte ich das. Ich hatte das Gefühl es tun zu müssen. Ich wollte seinen Körper genauso kennen und schmecken lernen, wie er meinen erforscht hatte und fing an, meine Hand unter sein Hemd zu schieben um seine Brust zu streicheln. Ich tastete seinen Oberkörper Zentimeter für Zentimeter ab, fühlte seine durchtrainierten Muskeln und fand seinen Körper wunderschön. Ich machte weiter, aber ich traute mich nicht, seinen Penis zu berühren. Mirel zog meine Bluse aus, den Büstenhalter, langsam den Rock und zum Schluss die Unterhose. Ich stand nackt vor ihm, nur mit meinen Sandalen an den Füßen. Er setzte mich auf seinen Schoß, streichelte und küsste meine Brüste. Mir wurde wieder warm und ich fühlte meine ganze Lust die ich auf ihn hatte. Ich stand auf und er zog seine Kleidung aus. Er saß und ich stand vor ihm. So konnte er mich zwischen den Beinen küssen. Das machte er sehr sanft. Er streichelte meine Klitoris mit seiner Zunge, bis ich ganz nass war. Ich stoppte ihn und kniete mich vor ihn hin. Zum ersten Mal schaute ich mir seinen Penis an. Er war hart und erregt. Ich streichelte ihn, erst mit den Fingern von oben nach unten und wieder zurück. Dann nahm ich ihn in die Hand und bewegte meine Hand hoch und runter, bis ich ihn in den Mund nahm. Ich spielte an seinem Penis mit meiner Zunge, genauso, wie er es bei mir machte. Er zog mich an sich und legte mich auf seine Kleidung auf die Bank. Dann kam er über mich und versuchte langsam seinen Penis in meine Vagina zu schieben. Es tat ein bisschen weh, aber sein Penis drückte ganz langsam nach innen. Er bewegte sich sanft hoch und runter und versuchte mich mit Küssen und lieben Worten von dem Schmerz abzulenken. Mit jeder Bewegung spürte ich weniger Schmerzen und meine Lust nach ihm und seinem Penis wurde immer stärker. Plötzlich passierte es, ich war entjungfert. Es war nicht ganz leicht, aber jetzt fand ich irgendwie Gefallen daran. Ich kam als erste zum Höhepunkt, und ein paar Sekunden später auch Mirel. Rechtzeitig nahm er seinen Penis raus und ejakulierte auf meinen Bauch. Danach lagen wir eine Weile ganz still einfach nur nebeneinander, ohne ein Wort zu sagen und schauten den Sternenhimmel an. Es war eine schöne Nacht mit einem Himmel, der vor Sternen nur so funkelte und es war angenehm warm.

"Kätzchen, bereust du es?"

"Nein, wieso fragst du?"

"Weil ich mich vergewissern wollte, dass du es nicht bereust und dass du es genau so sehr genossen hast, wie ich."

"Ja, ich wollte es auch, und ich bin froh darüber, dass du derjenige bist, den ich dafür ausgesucht habe."

Am nächsten Tag saß ich im Zug, unterwegs zur Schule. Ich dachte über den Sommer nach und war glücklich und froh, dass alles so gekommen war. Neue Freunde, meine erste Liebe und ein gut bezahlter Arbeitsplatz. Ich hatte genug Geld verdient, um mir tolle Kleidung kaufen zu können. Das hatte ich auch als erstes vor, sobald ich in der Stadt ankommen würde. Ich lief auf dem Boulevard mit meinen Einkaufstüten in der Hand und schaute mir die Schaufensterpuppen an, bis jemand hinter mir meinen Namen rief.

"Hallo, Pansela!" Ich drehte mich um und sah Neli.

"Was tust du denn in der Stadt?"

"Ich möchte mir eine Wohnung anschauen. Ich habe vor in die Stadt zu ziehen. Ich habe das Dorf satt", sagte sie.

"Super, das ist toll. Wie willst du das bezahlen, wie kommst du zurecht?"

"Dafür gibt es genügend großzügige Männer", sagte sie lächelnd.

Ich schaute sie skeptisch an, worauf sie sagte: "Ich erzähle dir alles später, aber bitte nicht jetzt. Hast du vielleicht Lust, mit zu gehen und meine neue Wohnung zu besichtigen, dann weißt du gleich, wo es ist und kannst mich besuchen."

"Na ja, eigentlich wollte ich meine Sachen auspacken, aber das kann ich auch noch später machen."

"Dann gehen wir", sagte Neli.

Wir nahmen ein Taxi. Sie nannte dem Taxifahrer die Straße und ein paar Minuten später waren wir auch schon da. Neli zahlte und ich stieg aus. Wir liefen in das dritte Stockwerk. Dort wartete ein sehr gepflegter, älterer Herr auf uns, der eine angenehme Ausstrahlung hatte. Er begrüßte Neli mit einer

Umarmung und einem Kuss auf die Wange. Sie stellte mich ihm als ihre Freundin vor und er stellte sich mit Doktor Mark vor. Die Wohnung war nicht zu groß und nicht zu klein. Sie bestand aus zwei Zimmern mit einer Küche, einem Bad, einem Balkon und einer Speisekammer und war gerade frisch renoviert worden. Auf dem Balkon schaute ich mir die Gegend an, während Neli mit dem Mann redete. Ich hörte nicht, was sie sprachen, aber sie wirkten sehr vertraut miteinander. Dr. Mark ging, nachdem er ihr einen Schlüssel und ein paar 100 Lei Scheine in die Hand gedrückt hatte. Sobald er unten war und Neli ihm noch winkte, lief sie ins Wohnzimmer und sprang vor Freude im Kreis herum.

"Siehst du, ich muss nicht arbeiten gehen, um gut leben zu können. Man muss nur wissen, wie man leben möchte und jede Frau sollte selber entscheiden, was für sie das Beste ist."

"Ich verstehe dich nicht ganz, aber ich würde gerne wissen, wie du das meinst", sagte ich.

"Ich erzähle es dir, aber versprich mir, dass du es für dich behältst."

"In Ordnung."

"Ich habe so ein paar ältere Herren, mit denen ich für Geld ins Bett gehe. Zum Beispiel Dr. Mark, ihm gehört diese Wohnung. Ich darf hier wohnen und wenn er Lust auf Sex hat, kommt er vorbei oder wir treffen uns im Hotel. Wenn ich lieb zu ihm bin, bekomme ich auch noch ein paar Scheinchen extra. Außer ihm gibt es noch ein paar Herren, denen ich meine Dienste anbiete und so verdiene ich ungefähr 5000 Lei im Monat."

"Ich glaube, ich höre nicht richtig, wie kannst du das tun? Das ist ja ekelhaft!" Ich war empört.

"Schau mal Pansela, ich mache das schon seit einem Jahr so und komme sehr gut klar damit. Angefangen hat das Ganze mit unserem Dorfarzt. Ich habe mit ihm das erste Mal geschlafen für 50 Lei und fand es überhaupt nicht schlimm. Jetzt bekomme ich viel mehr dafür und finde es sogar richtig gut. Wenn du mich magst und weiterhin meine Freundin bleiben willst, freue ich mich. Wenn du aber nicht akzeptieren kannst was ich tue, dann sage es mir einfach und ich werde dir bestimmt nicht böse sein."

Ich dachte einen Moment nach. Wieso sollte mich das stören. Schließlich ist es ihr Körper und sie muss damit klar kommen. Außerdem mochte ich Neli sehr und sie war sehr sauber und gepflegt.

So sagte ich: "Ich habe kein Problem damit und ich mag dich als Person. Mir ist egal, was du machst, solange ich nicht in deine Männergeschichten mit hinein gezogen werde."

Neli umarmte mich und sagte: "Ich danke und verspreche dir, wir werden die besten Freundinnen sein. Ich werde dich nicht enttäuschen.

Ich erinnerte sie daran, dass ich zur Schule musste.

Sie sagte: "Ich komme mit, begleite dich zur Schule und dann schaue ich mich in der Stadt nach Möbeln um.

"Super, dann los!"

Vor meiner Schule verabschiedeten wir uns voneinander und sie fragte mich, ob ich ihr beim Aussuchen der Möbel helfen könnte.

"Ja klar, hole mich morgen gegen vier Uhr hier ab."

Nach einigen Tagen sah ihre Wohnung wunderschön aus. Wir hatten ein Bett gekauft, ein weißes Sofa mit roten Kissen, einen Wohnzimmertisch, ein paar Regale, einen Kleiderschrank und kleine Läufer aus Naturwolle. Die Läufer legten wir vor den Tisch und im Schlafzimmer um das Bett herum. Außerdem hatten wir schöne dunkelrote Gardinen und Teppiche für das Badezimmer ausgesucht. Des weiteren fanden wir einen Tisch aus Rattan und zwei Stühle für den Balkon. Die Stühle und den Tisch aus Rattan hatten wir aber zum Schluss im Wohnzimmer als Esstisch an das Fenster gestellt. Ein paar Teller, Besteck und Töpfe, eine Blumenvase und es sah schon richtig toll und gemütlich aus. Es war Freitag Nachmittag und wir entschlossen uns, unseren Erfolg richtig zu feiern. Wir marschierten zum Markt, kauften Blumen, ein paar Topfpflanzen, eine Flasche Sekt, frischen Fisch, Kartoffeln und Gemüse. So gegen sieben Uhr hatten wir dann alles erledigt. Die Pflanzen standen an ihrer Stelle, das Essen war fertig gekocht und wir saßen herausgeputzt wie zwei erwachsene Damen, mit Sektgläsern in den Händen an unserem Tisch aus Rattan. Ich schlief bei ihr. Am Samstag morgen erwachte ich gegen neun Uhr aus dem Tiefschlaf und hatte rasende Kopfschmerzen vom vielen Alkohol. Ich machte mich im Badezimmer zu recht und weckte Neli. Sie machte sich auch fertig und lud mich auf einen Kaffee in die Stadt ein. Wir gingen zu der größten Cafeteria in der Stadt, die "Violetta" hieß. Wir bestellten jede einen Kaffee und quatschten über den gestrigen Abend und unsere kreative Leistung. Wir hatten es in kurzer Zeit geschafft, die Wohnung richtig gemütlich einzurichten.

"Ohne dich hätte ich nie so schnell und so geschmackvoll meine Wohnung möblieren können. Ich danke dir, du bist eine gute Freundin und ich werde mich dafür bei dir revanchieren."

"Das brauchst du nicht. Ich habe dir gerne geholfen."

"Ich will heute Abend zu einer Party nach Lago", sagte Neli. Willst du mitkommen?"

"Nein, ich bleibe hier. Mirel möchte mich besuchen."

"Ah so, deine "große" Liebe. Kommt er heute oder morgen?"

"Ich denke, er kommt heute und am Abend geht er wahrscheinlich wieder."

Sie dachte einen Moment nach und dann schlug sie mir vor:

"Du könntest mit ihm in meiner Wohnung übernachten."

"Ich weiß nicht, vielleicht muss er heim, oder er will gar nicht hier bleiben."

"Erzähl mir nicht, dass er nicht will. Ich weiß, was Mirel für dich empfindet und es gibt nichts, was ihm wichtiger wäre, als eine Nacht mit dir zu verbringen."

"Ja, das wäre schön. Wir beide alleine in einer Wohnung. Bis jetzt hatten wir das Vergnügen nur in der freien Natur."

"Wirklich?" fragte Neli mit einem kritischen Blick.

"Ja, wo sollten wir denn hin gehen? Zu mir oder zu ihm, wäre doch die Krönung gewesen. Meine Eltern wären bestimmt nicht begeistert, wenn sie wüssten, dass wir schon miteinander geschlafen haben."

"Das finde ich richtig süß. Zumindest hast du es mit dem Jungen getan, den du liebst und das ist etwas Besonderes", sagte sie mit einem traurigen Blick. "Bei mir war das anders, ich habe es dir ja erzählt."

Ich nahm ihre Hand und drückte sie sanft. "Irgendwann triffst du auch deine große Liebe und dann ist alles vergessen."

"Schon gut", sagte sie. Wie machen wir es mit dem Schlüssel? Ich weiß wie, ich werde den Schlüssel unter die Fußmatte vor die Haustüre legen. Ihr könntet es euch ja noch überlegen. Ich werde erst am Montag zurück sein."

“Gut, mal sehen, wie sich das Wochenende entwickelt.”
Wir trennten uns und gingen in unsere verschiedenen Richtungen, sie zu Ihrer Wohnung und ich in mein Internat. Ich duschte, machte mich hübsch und packte die Zahnbürste für mich und vorsichtshalber noch eine neue in meine Handtasche. Es konnte ja sein, dass Mirel doch bleiben kann.

Um 15 Uhr kam er endlich und wir liefen durch den Unipark in Richtung Stadtzentrum. Ich erzählte ihm alles, was in der Woche passiert war und zum Glück wollte er keine Details über Neli und ihre Wohnung wissen. Wenn er mich danach gefragt hätte, wäre mir nur die Möglichkeit geblieben ihn anzulügen. Ich konnte ihm schlecht die Wahrheit über Neli erzählen. Nachdem wir stundenlang im Park spazieren gegangen waren, lud mich Mirel in ein griechisches Lokal zum Essen ein. Es gab Moussaka mit Hackfleisch und Käse. Wir aßen jeder ein Stück davon und tranken Limonade. Die Zeit verging wie rasend und plötzlich war es schon kurz vor acht. Mirel sagte, er müsse jetzt gehen, wenn er den Zug um halb neun nicht verpassen wolle, und dass es so schön wäre, wenn er die ganze Nacht mit mir verbringen könnte.
“Möchtest du das wirklich?”
“Ja, ich würde dich die ganze Nacht lieben.”
“Es gibt eine Möglichkeit.”
“Welche? Sollen wir in ein Hotel gehen, ich habe Geld dabei?”
“Nein mein Schatz, ich habe die Wohnungsschlüssel von Neli und wir dürfen in ihrer Wohnung übernachten.”
“Ist das wahr?”
“Ja!”
“Das ist phantastisch!” Er hob sein Limonadenglas und sagte: “Prost, wir trinken auf Neli und unser Glück.”
Ich konnte kaum glauben, dass er da bleibt und fragte ihn:
“Was werden deine Eltern dazu sagen, wenn du über Nacht einfach nicht nach Hause kommst?”
“Ah, nichts, sie werden denken, dass ich bei meinem Onkel in der Stadt geblieben bin. Mach dir darüber keine Sorgen. Wie ist es mit deinen Eltern, besuchen sie dich morgen?”

"Nein, ich habe ihnen gesagt, dass ich üben muss."

"Gute Übung!" meinte Mirel lachend." Ja, wir üben zusammen Flöte spielen und blasen."

Ich wurde rot und sagte zu ihm: "Du bist gemein."

"Nein Kätzchen, ich bin nicht gemein, ich sage nur die Wahrheit und es ist doch schön."

Kaum waren wir in der Wohnung, stürzte er sich auf mich wie ein hungriger Tiger, öffnete eilig meine Bluse und fing an, mich zu küssen. So tasteten wir uns vor in Richtung Sofa. Er zog alle meine Klamotten aus und verwöhnte mich mit Küssen von oben nach unten. Kein Zentimeter an meinem Körper blieb unberührt und ungeküsst. Er drehte mich auf den Bauch, massierte meinen Rücken, meinen Po und küsste und streichelte meinen Busen. Ich fühlte seinen Penis, wie er immer härter und größer wurde. Dann spreizte er meine Beine auseinander und führte seinen Penis von hinten in mich hinein. Es fühlte sich anders an, als das letzte Mal. Ich war immer noch sehr eng, aber es funktionierte diesmal ganz ohne Schmerzen. Nach einer Ewigkeit, die mir wie Stunden vor kamen und nachdem wir die verschiedensten Stellungen ausprobiert hatten, kamen wir beide gleichzeitig zum Orgasmus. Irgendwann, nach ein paar Zigaretten und langem Gerede schliefen wir ein. Ich spürte irgendwas an meinen Haaren, öffnete meine Augen, fühlte mich beobachtet und dreht mich deshalb um. An der Bettkante kniete Mirel und schaute mich an.

"Guten Morgen meine Raubkatze."

"Wie lange bist du schon wach?"

"Lange genug um festzustellen, dass ich das schönste Mädchen der Welt als Freundin habe. Du bist so süß wenn du schläfst." Er streichelte meine Wangen.

"Pansela, versprich mir, dass du für immer bei mir bleibst."

Ich schaute ihn noch im Halbschlaf an und merkte, dass er es sehr ernst meinte.

"Natürlich bleibe ich bei dir. Du brauchst dir keine Sorgen zu machen. Komm, lass uns den Tag genießen und zusammen das Frühstück vorbereiten."

"Ja, das ist eine gute Idee. Was haben wir denn alles da?"

Er lief in die Küche und schrie: "Eier, Milch, Butter und Marmelade, aber kein Brot!" Er kam ins Schlafzimmer zurück.

"Komm, du Schlafmütze, steh auf und mach dich frisch. In der Zwischenzeit gehe ich zum Markt und kaufe Brötchen."

Er ging ins Bad und sagte: "Dann kann ich mir auch gleich noch eine Zahnbürste für die Zukunft kaufen, wenn wir hier öfter übernachten können."

"Das brauchst du nicht, ich habe schon eine für dich," sagte ich lächelnd und kramte die Zahnbürste aus meiner Handtasche."

"Du denkst ja wirklich an alles. War diese Nacht schon von dir geplant, mein Kätzchen?"

"Eigentlich schon, aber ich wusste nicht, ob du bleibst und wenn du nicht gesagt hättest, wie schade, dass du nicht bei mir bleiben kannst, hätte ich mich nicht getraut, dich zu fragen."

"Wieso nicht, du weißt, dass ich alles für dich tun würde." Er putzte seine Zähne, zog sich schnell an, gab mir einen Kuss und lief hinaus. Ich machte mich auch fertig und fing schon an, Rühreier zu braten. Ich deckte liebevoll den Tisch. Mirel kam bereits zehn Minuten später mit warmen Brötchen zur Tür herein gestürmt. Wir aßen die Rühreier mit Butter, Marmeladebrötchen und tranken Tee, den ich für uns gekocht hatte.

Nach dem Frühstück hatten wir wieder Sex. Wir liebten uns bis zum späten Nachmittag.

"Ich habe eine Überraschung für dich, meine kleine Katze."

"Wirklich? sag schnell."

"Ich bleibe auch heute Nacht bei dir."

"Das ist toll!" Ich küsste ihn dankbar.

"Morgen habe ich einen Termin an der Universität, vielleicht kann ich noch einen Studienplatz bekommen."

"Das ist phantastisch, dann bist du jeden Tag bei mir."

"Ja, ich wollte erst nächstes Jahr weiter studieren, aber ich ertrage es nicht, wenn du in der Stadt bist und ich dich nur am Wochenende sehen kann. Mal sehen, wenn das klappt, bekomme ich auch eine Wohnung von meinem Onkel und dann kann uns nichts mehr trennen."

Ich freute mich wahnsinnig und stellte mir schon die gemeinsamen Nächte mit ihm vor. Er schaute mich an und seufzte:

"Langsam bekomme ich wieder Hunger. Was ist mit einer Pizza?"

"Oh, ja, sollen wir uns eine holen?"

"Nein, meine Königin, wir gehen Essen. Komm, wir machen uns hübsch und gehen in die Stadt."

Ich lief ins Badezimmer und als ich unter der Dusche stand, kam Mirel dazu. Er schäumte mich mit Duschbad ein, und seine Hände glitten sanft über meinen Körper.

"Mein Schatz", gab ich zu bedenken, "wenn du so weitermachst, können wir die Pizza vergessen. Ich bekomme Appetit nach dir."

"Das freut mich, aber dich werde ich mir als Dessert aufsparen."

In der Pizzeria saßen wir an einem Tisch direkt am Fenster. Mirel setzte sich mir gegenüber, hielt meine Hände fest in den seinen und bestellte Pizza.

"Was möchtest du trinken, meine Liebe?"

"Eine Limonade."

"Was, nur eine Limonade? Ich denke, wir sollten schon was richtiges trinken nach solchen sportlichen und körperlichen Anstrengungen."

"Was schlägst du vor? Ich werde das gleiche wie du trinken."

Er bestellte eine Flasche Weißwein, "Muscat de Otonel", einen süßen Wein. Als wir im Taxi saßen und zu Neli's Wohnung fuhren, lachte ich immer noch über seine Witze. Wir setzten uns auf das Sofa und schalteten das Radio ein. Eine Weile hörten wir Musik und immer, wenn ich die Augen zumachte, drehte sich der Raum mit mir. So behielt ich lieber die Augen offen und versuchte, mich auf die Musik zu konzentrieren.

"Es ist schon ein komisches Gefühl, wenn man zu viel getrunken hat," lallte ich in Mirel's Richtung.

"Kätzchen, kann es sein, dass du besoffen bist?"

"Nein, ich denke nur ein bisschen blau", lachte ich.

Die Sonne strahlte durch die roten Gardinen ins Schlafzimmer. Ich öffnete die Augen und spürte in meinem Kopf einen stechenden Schmerz. Schnell krabbelte ich aus dem Bett und lief ins Wohnzimmer. Die Uhr, die auf dem Tisch stand, zeigte kurz nach 13 Uhr an und von Mirel war keine Spur zu sehen. Ich versuchte mich daran zu erinnern, wie ich gestern ins Bett gekommen war. Aber in meinem Kopf pochte und klopfte es nur und ich konnte mich an nichts mehr erinnern. Da ich rechtzeitig in der Schule sein wollte, musste ich mich beeilen und mich schnell im Bad fertig machen. Auf dem Spiegel klebte ein Zettel, auf dem stand: "Ich bin gleich wieder da".

Da hörte ich auch schon, wie sich der Schlüssel im Türschloss drehte. Die Tür ging auf und Mirel kam mit einem riesigen Blumenstrauß und einer Tüte vom Bäcker in der Hand herein.

"Guten Morgen, meine Königin. Hast du gut geschlafen?"

"Guten Morgen, was heißt gut geschlafen, mein Kopf explodiert gleich."

"Kein Problem, das geht vorbei. Ich habe dir etwas zur Stärkung mitgebracht."

Er streckte mir die Tüte entgegen. Ich nahm sie, drehte mich um und wollte in die Küche laufen.

"Halt und wo ist mein Kuss?"

Ich drehte mich flink zu ihm um und küsste ihn.

Dann gab er mir die Blumen und sagte: "Ich habe mir Mühe gegeben, schönere Blumen als dich zu finden, aber zu meinem Glück bist du die schönste Blume der Welt."

"Oh, ich fühle mich geschmeichelt."

"Das ist die Wahrheit. Ich empfinde es so. Für mich wirst du immer die teuerste und die schönste Blume der Welt sein."

"Danke, das ist sehr lieb von dir."

Wir aßen in aller Eile die Schinkenhörnchen, die er mitgebracht hatte und dann machte ich mich auf den Weg zur Schule. Mirel musste zu seinem Termin in die Uni. Er wollte mich am Nachmittag besuchen kommen.

Tatsächlich bekam er einen Studienplatz und schon nach einer Woche zog er in die Stadt zu seinem Onkel. Wir sahen uns jeden Tag. An den Wochenenden konnten wir zu unserem Vergnügen oft die Wohnung von Neli benutzen. Es war toll, so ungestört und alleine zu sein. Jedes zweite Wochenende fuhren wir gemeinsam nach Hause und an den Samstagabenden trafen wir uns mit der Clique. Die Zeit verging rasend schnell und wir hatten wieder Sommerferien. In meiner Schule sollte mit den besten Schülern aus mehreren Musikschulen im Herbst eine Tournee nach Italien stattfinden. Diejenigen, die dafür ausgewählt wurden, sollten im Laufe des Sommers Bescheid bekommen. Ich erzählte es Mirel. Er war ziemlich traurig darüber und ließ mich seine Enttäuschung spüren. Tagelang, nach dem ich ihm das mit der Tournee erzählt hatte, war sein Verhalten komisch und jedes Mal, wenn er mich umarmte oder küsste, flehte er mich an: "Bitte gehe nicht mit, ich habe so ein ungutes Gefühl dabei. Es wird etwas passieren, ich spüre es, ich habe Angst, dich zu verlieren und irgend etwas sagt mir, dass das auch passieren wird."

"Rede keinen Unsinn," beruhigte ich ihn immer wieder, "du wirst mich nicht so leicht los, ich komme zurück und es wird gar nichts passieren. Ich werde dich in meinem Herzen und in meinen Gedanken auf meine Reise mitnehmen. Zu deiner Sicherheit und als Zeichen meiner Liebe schenke ich dir mein Herz." Ich tat so, als wollte ich mein Herz aus meiner Brust entfernen und ihm in seine Brust hinein drücken.

Er hielt meine Hand über seiner Brust ganz fest und sagte:

"Das bekommst du nie wieder zurück. Dein Herz gehört nur mir."

"In Ordnung, meine große Liebe."

"Pansela, ich liebe dich so wahnsinnig, dass es weh tut. Bei dem Gedanken, dass du so lange nicht bei mir sein wirst, könnte ich weinen."

"Mirel, ich liebe dich auch sehr und glaube mir, ich wünsche mir, dass ich nicht ausgewählt werde."

"Ich flehe alle Götter die es gibt, dafür an", flüsterte Mirel.

In den Ferien arbeitete ich wieder in der Gärtnerei und verdiente wie im letzten Jahr 1000 Lei. Ich traf Nell, die für ein paar Tage ins Dorf kam, um mich zu besuchen. Wir verstanden uns wieder sehr gut, nachdem ich sie fast einen Monat nicht gesehen hatte.

"Ich habe Überraschungsgeschenke für dich", sage sie und streckte mir eine große Tüte entgegen.

Ich nahm sie an mich und fragte: "Ist das alles für mich?"

"Ja, schau hinein."

Ich nahm die Sachen aus der Tüte und traute meinen Augen kaum, was da alles zum Vorschein kam: eine Jeanshose, eine Jacke, Turnschuhe, Badesachen, Shampoo und verschiedene andere Kosmetikprodukte.

Ich umarmte Neli und bedankte mich für die tollen Sachen.

"Wo hast du das denn alles her? Das kostet doch ein Vermögen."

"Ich habe sie von einem Jugoslawen bekommen. Ich habe die Nacht mit ihm verbracht. Er ging mit mir einkaufen, und ich durfte mir alles aussuchen, was ich wollte und 1000 Lei bekam ich auch noch."

"Du bist die Größte!"

Sie erzählte mir was sie alles in der Zwischenzeit erlebt hatte, und fragte mich dann ziemlich unvermittelt:

"Pansela, sag mal, was sagst du zu einem Urlaub am Schwarzen Meer. Ich kenne dort einen Hotelbesitzer, der mich eingeladen hat. Ich möchte nicht alleine dorthin gehen, und da du Ferien hast, wäre es doch super, wenn wir zusammen fahren könnten."

"Ja, ehrlich gesagt, ich hätte schon Lust darauf, aber es gibt da ein kleines Problem. Zuerst muss ich meine Eltern überzeugen, mich alleine in den Urlaub fahren zu lassen und vor allem, was sollte ich Mirel sagen? Ich möchte ihn nicht mehr alleine lassen. Wenn ich eventuell doch im Herbst nach Italien gehen sollte, möchte ich bis dahin so viel Zeit wie möglich mit ihm verbringen."

"Du kannst ihn doch mitnehmen", sagte Neli. "Kein Problem. Ich werde euch bestimmt nicht stören, im Gegenteil, ich werde dort vermutlich ausgebucht und viel unterwegs sein. Dann müsste ich dich ja auch sehr oft alleine lassen. Es wäre eigentlich nur gut für uns beide, wenn er dabei wäre. Geld habe ich genug, ich habe gut verdient und kann euch beide einladen. Es soll euch gar nichts kosten. Also, du darfst deinen Schatz einladen. Er muss es ja nicht so genau wissen. Es könnte ja auch von dir sein. Ich meine du sagst ihm einfach, dass du das Hotel bezahlst."

"Toll, ich werde mich darum kümmern und sage dir dann Bescheid."

Wir verabredeten uns für später auf einer Party, die der Bruder von Mirel ausrichtete. Ich zog natürlich die neuen Sachen von Neli an. Sie passten mir perfekt und mein Vater fragte mich prompt als er die neuen Sachen sah, wo ich das alles denn her hätte. Ich erzählte ihm, dass ich sie einem Händler im Freibad abgekauft hätte und schaute ihn dabei nicht an.

"Sie sind schön und bestimmt sündhaft teuer", meinte Vater und fügte dann hinzu: "Aber du hast dir das verdient, meine Kleine, du hast ja schließlich den ganzen Sommer über gearbeitet."

An diesem Abend fragte ich Mirel ganz aufgeregt, was er von einem Urlaub am Meer halten würde.

"Phantastisch wäre das," lachte er und schaute mich dabei verwundert an.

"Ich möchte dich einladen und ich akzeptiere keine Widerrede wegen der Kosten", antwortete ich schnell. Ich wusste, dass er seinen Kommentar dazu abgeben würde und das tat er dann auch.

"Es geht wirklich nicht, dass du alles bezahlst. Ich werde mich auf jeden Fall an den Kosten beteiligen."

Schließlich gab ich nach und meinte: "Also, ich organisiere die Unterkunft mit Frühstück und du kannst mich jeden Abend zum Essen einladen."

"Einverstanden! Aber wie kommst du auf die Idee, Urlaub mit mir zu machen. Gibt es dafür einen besonderen Grund, Kätzchen?

"Nein, mein Schatz. Ich möchte einfach nur so viel Zeit wie möglich mit dir verbringen und Neli wird auch dabei sein."

"Ich verstehe, Neli hat dich gebeten mit zu kommen und du wolltest nicht ohne mich fahren, stimmt's?

Ich nickte. Er nahm mich in den Arm, küsste mich und flüsterte:

"Ich bin sehr stolz auf dich und deswegen liebe ich dich auch so."

Wir bekamen fast gar nichts von der Party mit und zogen uns irgendwann in ein Zimmer zurück. Wir liebten uns. Es wurde jedesmal schöner und mein Körper zuckte bei jeder seiner Berührungen vor Wonne auf. Ich spürte einen immer größeren Gefallen daran und schwebte in einer traumhaften, wunderbaren Welt. An diesem Abend zerkratzte ich ihm während meines Höhepunktes mit meinen Fingernägeln den ganzen Rücken.

"Ich wusste von Anfang an, dass mein Kätzchen ein wildes und temperamentvolles Wesen hat und es aufzuwecken die ganze Mühe wert war. Schau dir meinen Rücken an."

Ich erschrak, als ich ihn anschaute, er war von der Schulter bis zum Po mit tiefen, blutigen Striemen überzogen. Ich schaute prüfend meine Nägel an. Tatsächlich befanden sich darunter von ihm Hautfetzen.

"Es tut mir echt leid, aber es war so unbeschreiblich schön und mein Orgasmus war so stark, dass ich nicht anders konnte."

"Das ist doch kein Problem. Es wird wieder abheilen und wenn doch Narben bleiben sollten, trage ich sie gerne und mit Stolz, weil sie von dir kommen."

Ich arrangierte alles für den Urlaub mit Neli und überzeugte schließlich meinen Vater davon, dass es mir gut tun würde. Es lief alles perfekt, bis auf die Bahnkarten, die wollte Mirel besorgen. Wir kamen im Hotel "Delfin" an, ein schönes, sehr sauberes und gepflegtes Hotel. Die Schlüssel erhielten wir an der Rezeption und gingen begeistert und voller Vorfreude auf unser Zimmer. Neli ging in die Hotellobby, führte einige Telefonate und als sie wieder kam, sagte sie: "Mein Zimmer ist nur ein paar Türen weiter."

Sie wünschte uns einen schönen Tag und meinte zum Abschied:

"Ich melde mich, wenn ich Zeit habe, etwas mit euch zu unternehmen," dann war sie weg. Perfekt, wir waren allein, nur wir beide, vielleicht sogar zwei ganze Wochen lang.

"Ich freue mich so auf dich, Kätzchen und ich vermisse dich jede Stunde, die ich dich nicht in meinen Armen halten kann." Er fing an, mich zu küssen.

"Bitte, gib mir kurz Zeit zum Duschen, dann bin ich ganz für dich da."

Ich wusste, was folgen würde. Ich wollte es auch, jedesmal, wenn ich in seiner Nähe war, spürte ich ein drängendes Verlangen nach ihm und sobald wir alleine sein konnten, nutzten wir das auch. Bis jetzt war es jedes Mal so. Zwei Wochen Zeit, uns zu lieben. Eine wahnsinnige Vorstellung. Wir konnten experimentieren und uns immer wieder neue Varianten einfallen lassen. Immer wieder fanden wir neue Dinge heraus, die uns beiden gefielen. Es gab zwischen uns keine Grenzen und kein Schamgefühl mehr. Der Spass, den wir beim Sex hatten, war unbeschreiblich.

Jeden der wundervollen Tage verbrachten wir am Strand, tankten Sonne und badeten im Meer. Ich war das erste Mal in meinem Leben am Meer im Urlaub. Am späten Nachmittag gingen wir ins Hotel, um uns für das Dinner fertig zu machen und hatten natürlich vorher jedes Mal Sex. Das Essen war spitzenmäßig. Mirel führte mich jeden Abend in ein anderes Spezialitätenlokal aus. Es gab viele Restaurants auf der Promenade und "Eforie Nord", wie dieser Teil des Strandes hieß, war berühmt für seine ausgezeichnete Küche. Danach gingen wir entweder zum Tanzen, gemütlich einen Kaffee trinken oder spazierten einfach stundenlang den Strand entlang. Wir redeten viel über uns, schauten sehnsuchtsvoll auf das Meer hinaus und träumten von einer gemeinsamen Zukunft. Ich fühlte mich in seinen Armen wie eine Prinzessin, und die lieben Worte, die er mir ins Ohr flüsterte, höre ich heute noch mit dem Rauschen der Meereswogen vermischt. Auch die salzige Windprise kann ich sofort wieder auf meiner Haut spüren, wenn ich an diese Zeit zurückdenke. Nachts kuschelten wir uns eng aneinander und jeden Morgen wurde ich mit vielen Küssen aufgeweckt.

Neli sahen wir nur einige Male abends, beim Frühstück und bevor wir abreisten. Sie bat mich ihr Bescheid zu geben, wenn wir abreisen mussten. Sie würde dann auf jeden Fall kommen, um mich noch einmal zu sehen.

Die zwei Wochen gingen leider viel zu schnell zu Ende und wir saßen bereits früher als wir gedacht hatten wieder im Zug in Richtung Heimat.

Am Bahnhof unseres Dorfes wartete Lili mit ihrem Freund Jahn auf mich. Ich verabschiedete mich von Mirel und ging mit den beiden nach Hause zu meinen Eltern und Geschwistern. Unterwegs berichtete mir Lili aufgeregt: "Du hast einen Brief von der Schule bekommen und Mutter hat deswegen geweint." Ich dachte bei mir: "Wieso sollte sie weinen?" Und dann fiel es mir wieder siedendheiß ein. Ach so natürlich, es ging um die Tournee nach Italien. Der Gedanke, dass ich ein paar Monate von Mirel getrennt sein würde, machte mich schwindelig. Ich ging plötzlich ganz langsam und meine Augen füllten sich mit Tränen. Ich merkte nicht, wie sie mir über das Gesicht liefen. Lili umarmte mich und sagte: "Es wird schon alles gut werden und du musst keine Tränen vergießen." Ich schaute sie an und erinnerte sie daran, dass ich schon immer aus Rumänien weg wollte. Jetzt war es soweit, mein großer Traum erfüllte sich, aber dafür musste ich meine große Liebe opfern. Wie sollte ich da nicht weinen? Was sollte ich tun, wie sollte ich mich entscheiden? "Du musst es wissen, es liegt an dir alleine.

Nun mache dir noch keinen Kopf darüber, vielleicht musst du gar nicht weg," beruhigte mich Lili.

"Aber, ich will es doch," schrie ich sie an, so dass sie erschrocken einen Schritt von mir zurück wich.

"Ich will raus in die Welt. Ich will andere Länder und Kulturen kennenlernen. Irgendwann will ich auch Karriere machen und ein besseres Leben führen als hier in Rumänien. Aber vor allem will ich Mirel. Was soll ich denn jetzt machen? Mein Herz wird in Stücke brechen, denn mir ist klar, dass ich, wenn ich erst mal weg bin, nicht mehr hierher zurückkommen werde. Aber wenn ich hier bleibe, werde ich es nie mehr schaffen, hier raus zu kommen."

Zu dieser Zeit war es ein Problem, ins Ausland zu verreisen. Die Politik in Rumänien erlaubte so etwas nicht. Manche Händler mussten dem Staat für ein Visum nach Jugoslawien oder Ungarn jährlich ein Schlachtfest spenden. Wenn ich jetzt über meine Schule diese einzigartige Chance bekam, konnte ich sie mir nicht entgehen lassen. Als wir zu Hause ankamen, gab mir meine Mutter sofort den Brief. Tatsächlich war ich eine von zehn Schülern, die ausgewählt wurden. Ich las den Brief gleich dreimal hintereinander, weil ich es nicht glauben konnte. Einerseits freute ich mich darüber, andererseits war ich furchtbar traurig und als ich Mirel traf, sagte ich ihm, dass ich mit ihm reden müsste. Er sah mich an und bemerkte sofort: "Ich glaube, es ist nichts Gutes, wenn ich dich so anschaue." Ich versuchte, spaßig zu sein und foppte ihn:
"Es kommt darauf an, wie du es siehst. Wenn du mich für eine Weile los haben möchtest, ist es gut. Wenn du mich allerdings bei dir behalten möchtest, dann ist es schlecht."
"Du hast die Zusage?"
"Ja, ich habe sie."
"Wann ist der Termin?"
"Am 20 September."
"Und für wie lange?"
"Für drei Monate, vor Weihnachten werden wir wieder da sein."
Mirel sagte eine Weile gar nichts. Er hielt mich nur fest, drückte mich an seine Brust und starrte mit leerem Blick ins Wasser. Wir standen in diesem

Augenblick auf der Brücke, die über den kleinen Fluß führte, der sich durch unseren Park schlängelte. Dann fing er plötzlich aufgeregt an zu reden:

"Ich schätze, es gibt bei dieser Reise auch Jungs und schöne Hotels. Ausgerechnet Italien, ehrlich gesagt, ich mache mir Sorgen."

"Es ist nicht nur Italien. Wir werden den letzten Monat in Deutschland sein."

"Pansela, bitte verspreche mir, dass du mir treu bleibst und dass du zu mir zurückkommst, egal, was für Angebote oder Chancen du auf deiner Tournee auch bekommst."

"Ich verspreche es dir." Ich hatte es ihm versprochen und fühlte mich dabei verdammt schlecht. Ich hatte nicht den Mut ihm zu sagen, was ich eigentlich vor hatte. Ich dachte, dass ich selbstverständlich wieder zu ihm zurückkehren würde, da mir meine Liebe zu Mirel stärker als alles Andere erschien.

Der Sommer ging rasend schnell vorbei. Neli besuchte mich im August für eine Woche. Sie brachte einen Typ aus Australien mit. Er sah irgendwie komisch aus und fuhr einen Mercedes. Er war groß, hatte blondes Haar, lauter Sommersprossen im Gesicht, eine große Nase und kleine blaue Augen. Sie lud mich zu einer Party ins Nachbardorf ein. Auf dem Weg dorthin fuhr der Typ wie ein Irrer und machte nebenher dauernd Blödsinn. Er raste und bremste den Wagen ab, dass es mir fast schlecht wurde. Plötzlich gab es einen Schlag an meiner Seite. Jo, so hieß der Typ, legte eine Vollbremsung hin. Als der Wagen endlich stand, stiegen wir alle aus und schauten ängstlich in die Dunkelheit. Rechts an der Straße war ein Kanal, und wir bemerkten, dass sich da unten etwas bewegte.

Jo rief: "Hallo, ist da wer? Er kletterte den Hang hinunter. Ein nach Alkohol riechender Fahrradfahrer rappelte sich gerade wieder auf.

"Kein Wunder, wenn er ohne Licht durch die Nacht fährt," meinte Jo.

"Da haste aber nochmal Glück gehabt", sagte er zu dem armen, erschrockenen Mann.

Das Fahrrad hatte allerdings nicht so viel Glück. Es war verbogen, wie eine Brezel und der Lenker lag zehn Meter weiter. Der Mann lallte und bejammerte sein Fahrrad. Jo bot ihm 100 Dollar an. Der Besoffene nahm schnell das Geld und verschwand in der Dunkelheit. Nachdem wir uns wieder beruhigt und ein paar Zigaretten hintereinander geraucht hatten, fuhren wir weiter.

Auf der Party trank Jo ohne Pause Alkohol. Ich trinke auch hin und wieder gerne ein Glas, aber bei weitem nicht so viel, wie dieser Typ und Neli hielt fleißig mit ihm mit. Neli benahm sich irgendwie sehr komisch und als Jo mir eine Packung Zigaretten schenkte, explodierte sie ohne Vorwarnung. Sie war eifersüchtig, hatte sich nicht mehr unter Kontrolle und schlug mir mit ihrer Faust mitten ins Gesicht, so dass es mir kurzfristig schwarz vor Augen wurde. Ich wartete nicht so lange ab, bis der nächste Schlag kam, sondern prügelte mit meinen Fäusten und Füßen auf sie ein, bis sie auf dem Boden lag. Ich hörte nicht auf und schrie sie an:

"Was denkst du dir eigentlich, glaubst du, dass ich irgend etwas von deiner alten Socke will?"

Jo kam dazwischen und zog mich weg. Während Neli sich etwas beruhigt hatte, sich das Blut und den Staub von den Kleidern zu säubern versuchte, wollte ich nur noch nach Hause. Ich lief los und sie torkelte mir hinterher, weinend und um Verzeihung bettelnd.

Sie tat mir leid in ihrem besoffenen und verletzten Zustand, und nach ungefähr 100 Metern drehte ich mich dann doch zu ihr um und sagte:

"Wenn so etwas nochmal passiert, kündige ich dir meine Freundschaft."

Jo erklärte mir, dass er und Neli in diesem Zustand nicht mehr Auto fahren durften. Es blieb mir also nichts Anderes übrig, als selbst mit dem Mercedes durch das Dorf zu fahren. Die Luxuslimousine hatte natürlich eine Automatikschaltung, die mir Probleme bereitete, da ich nur eine Gangschaltung gewohnt war. Unsicher fuhr ich los und hoffte, dass mir nicht wieder etwas Unvorhergesehenes vor die Scheinwerfer kommen würde. Nach ein paar Kilometern klappte es besser und wir kamen doch noch heil und gesund zu Hause an. Neli fuhr am zweiten Tag mit Jo wieder in die Stadt zurück. Nach einer Woche erfuhr ich, dass sie auf der Fahrt einen Unfall hatten und Jo sie schlug und misshandelte. Einen Tag vor meiner Abreise nach Italien kam sie noch einmal zu mir, um mich ein letztes Mal vor meiner Tournee zu sehen. Sie bat wiederholt um Verzeihung und redete auf mich ein mit den Worten:

"Komme nicht mehr hierher zurück, bleib dort und versuche, etwas aus dieser einmaligen Chance zu machen. So eine Chance bekommst du nie wieder."

Mirel und ich saßen an unserem letzten gemeinsamen Abend im Kino. Er schaute mit unbeweglichem Gesicht auf die Leinwand und hielt meine Hand ganz fest. Auch ich blickte auf die Leinwand, aber der Film interessierte mich nicht wirklich. Als er zu Ende war, hätte ich nicht sagen können, welche Handlung er gehabt hatte, denn meine Gedanken waren unendlich weit weg. Wir liefen wie in Trance zu unserer Lieblingsstelle im Park und hatten Sex. Es war schön und leidenschaftlich, aber wir sprachen kein Wort miteinander. Als Mirel mich nach Hause brachte, küsste er mich und sagte mit traurigen Augen: "Ich komme morgen nicht zum Bahnhof. Ich ertrage es nicht, dich wegfahren zu sehen. Ich wünsche dir viel Spass und Glück und vergesse mich nicht. Vor allem denk bitte immer daran, dass du mir versprochen hast, zurück zu kommen."
"Ich weiß es Mirel, meine große Liebe, ich werde zurückkommen. Ich kann nicht ohne dich leben und vermisse dich jetzt schon."
Mirel schaute mich an und flüsterte: "Egal was auch passiert, ich werde dich immer lieben und auf dich warten, bis in alle Ewigkeit. Und dein Herz Pansela, bewahre ich in meiner Brust. Dafür gebe ich dir mein Herz und meine Liebe auf die Reise mit."
Ich konnte meine Tränen nicht mehr zurückhalten und weinte still an seiner Schulter vor mich hin. Die ganze Nacht hatte ich kein Auge zugetan und an Schlafen war überhaupt nicht zu denken. Ich musste ständig darüber nachdenken, ob meine Entscheidung richtig war. Am liebsten wäre ich aufgestanden und zu Mirel gerannt, um ihm zu sagen, dass ich gar nicht wegfahren will. Er tat mir leid. Er sah so unsagbar traurig aus und ich liebte ihn so sehr. Ich wusste, wenn ich erst einmal von hier weg war, würde ich mein Versprechen, nach Rumänien zurückzukommen, niemals einhalten. Auf meiner Brust lag ein zentnerschwerer Stein und ließ mich kaum atmen. Ich weinte die ganze Nacht, bis ich irgendwann völlig ermattet doch noch einschlief.
Am Morgen weckte mich mein Vater mit einem Lächeln im Gesicht.
"Komm, du alte Schlafmütze, wir haben eine lange Reise vor uns."

Mein Vater durfte mitfahren, weil alle Minderjährigen eine erwachsene Person als Begleitung mitnehmen durften. Wir machten uns startklar, während meine Mutter versuchte, ihre Traurigkeit vor mir zu verbergen. Sie verhielt sich dementsprechend übertrieben freundlich und plapperte ununterbrochen.

Am Bahnhof warteten Manu, Jogi und noch ein paar aus unserer Clique, um sich von mir zu verabschieden. Manu erzählte ich die Wahrheit, dass ich nicht vor hatte, zurück zu kommen.

Er meinte: "Das ist schlecht für uns und Mirel, aber wenn es deine große Chance ist, dann solltest du sie nützen und das Beste daraus machen. Wenn Mirel dich wirklich liebt, wird er auf dich warten, bis es eine Möglichkeit gibt, zu dir zu kommen."

Der Zug fuhr los. Meine Freunde winkten mir hinterher, und meine Mutter konnte endlich ihren Tränen freien Lauf lassen.

Ich schrie noch: "Bitte Mama, weine nicht, es wird alles gut und mir passiert schon nichts."

Sie winkte mir noch zu, schrie: "Ich liebe dich" und wischte ihre Tränen ab.

Nachdem der Zug weit weg von zu Hause war und ich den Bahnhof nicht mehr sehen konnte, schloss ich das Fenster und setzte mich neben meinen Papa. In Timisscaaro trafen wir die anderen Schüler und stiegen in den Zug nach Italien um. Nach einem endlos langen Tag und einer nicht weniger anstrengenden Nacht kamen wir in Rom an. Leider musste mein Vater schon nach fünf Tagen wieder zurück fahren. In den drei Monaten hatten wir in Italien und auch in Deutschland viel Erfolg. Ich schrieb einige Briefe an Mirel und er schrieb mir stets zurück. In Berlin fühlte ich mich wohler als in Italien. Die Stadt gefiel mir und in jeder freien Stunde nahm ich die Bahn und fuhr bis zur Endhaltestelle und wieder zurück. Inzwischen verdiente ich auch mein eigenes Geld. Für mein erstes Konzert in Verona bekam ich 500000 Lire, das waren umgerechnet 500 Deutsche Mark und in Lei war es ein kompletter Jahreslohn. Das zweite Konzert fand in Desenzano, das dritte am Gardasee und noch weitere in Berlin statt. Ich verdiente richtig viel Geld. Ich war reich im Vergleich zu meinen bisherigen Verhältnissen. Mein Vater besuchte mich so oft er konnte und ich

lud ihn immer wieder zum Essen ein, da ich mir das ja nun problemlos leisten konnte. Ich kaufte mir Schuhe, für meinen Vater einen sündhaft teuren Pullover und für meine Mutter einen Rock mit einer dazu passenden Bluse. Im Dezember bekam in ein Stipendium aus Italien für ein Studium am Konservatorium in Rom und gleichzeitig die Zusage für einen Vertrag mit einem der vielen Philharmonie Orchester. Ich besprach alles mit meinem Vater und er gab mir den Rat das Angebot anzunehmen. Ich schrieb eine Postkarte an Mirel auf die ich schrieb: "Ich vermisse dich sehr."
Das war dann auch die letzte, die ich ihm schickte.

Eine Woche vor Weihnachten fuhr Vater zurück nach Rumänien und ich weiter nach Rom. Die italienische Sprache erlernte ich schnell und kam auch in Rom sehr gut klar. In einem Studentenheim bezog ich ein Zimmer. Durch das Stipendium, das immerhin 300000 Lire jeden Monat betrug, konnte ich sehr gut leben. Selbst kümmern musste ich mich lediglich um meine Kleidung und um Kosmetika. Alles andere bekam ich von der Universität bezahlt. Jeden Samstag durften wir im Opernpalast die Musicals und Ballettaufführungen anschauen. Mein neues Leben gefiel mir unheimlich gut und ich fühlte mich von Tag zu Tag besser. Von Mirel kam kein Brief mehr. Er hatte ja auch meine neue Adresse nicht, und mich hatte der Mut verlassen, ihm zu schreiben. Was hätte ich ihm auch schreiben sollen? Das ich mich pudelwohl fühle? Sicherlich hätte ich ihm damit sehr weh getan und diesen Schmerz wollte ich ihm ersparen. Ich vermisste ihn zwar und dachte jeden Tag an ihn, aber mein größter Wunsch war, eine Karrierelaufbahn einzuschlagen und danach wieder mit ihm zusammen zu sein. Die Monate vergingen schnell. An einem warmen Abend im April wurden wir nach einer Ballettshow auf eine Party eingeladen. Ich lief mit einem Glas Prosecco in der Hand auf die Terrasse. Ich trug ein langes schwarzes Abendkleid, dazu schwarze Pumps und eine wunderschöne Halskette, die mir eine Kollegin ausgeliehen hatte. Ihre Mutter kam aus gutem Hause, hatte einen Titel als Comtessa und viel Geld. Von der Terrasse aus blickte ich stolz über Rom. Ich hatte es ganz alleine geschafft und war hier geblieben. Ich stellte fest, dass ich das Glück gepachtet hatte, denn alles, was ich mir gewünscht hatte, war in Erfüllung gegangen. In diesem Augenblick war ich mir sicher, dass eines Tages auch mein größter Wunsch erfüllt werden würde, nämlich als erfolgreicher Star in Mirel's Arme zurückzukehren. Ganz in meine Gedanken vertieft, bemerkte ich nicht, dass ein junger Mann vermutlich schon eine ganze Weile neben mir stand und mich mit einem "Hallo" angesprochen hatte.

"Hallo," antwortete ich in seine Richtung und schaute mir weiter die Stadt, die zu meinen Füßen lag, an.

"Eine wunderschöne Stadt," sagte er.

"Ja, das ist sie, Rom, die Mutter aller Römer," schwärmte ich.

Er lachte: "Darf ich mich vorstellen, mein Name ist Antonio."

Ich schaute ihn an und sagte kein Wort.

Er wiederholte noch einmal: "Ich heiße Antonio und du?"

"Oh, wie unhöflich von mir, ich heiße Pansela." Er fragte mich, ob alles in Ordnung sei, weil ich so abwesend wäre.

"Natürlich, es geht mir gut. Ich dachte nur über Rom nach," schwindelte ich. Ich dachte überhaupt nicht über Rom nach, sondern war von seinem Anblick fasziniert. Er hatte eine wahnsinnige Ausstrahlung, wie ich sie bisher noch bei keinem Menschen wahrgenommen hatte. Seine großen blauen Augen, sein markantes Gesicht, sein wunderschöner Mund und seine römisch gerade Nase hielten mich geradezu gefangen. Er sah einfach perfekt aus, war mindestens 1,80 Meter groß und sehr gut durchtrainiert. Er fragte mich, ob ich noch einen Prosecco möchte. Ich bejahte seine Frage und konnte mich während er für ein paar Minuten verschwunden war, wieder beruhigen. Als er zurückkam, war ich die Ruhe selbst und wir unterhielten uns angeregt. Ich erfuhr, dass er Tänzer der Balletttruppe war und aus Kanada stammte. Sein Vater besaß einige Hotels und seine Mutter war seine Choreographin. Antonio hatte Charme, war sehr witzig und brachte mich ständig dazu, dass ich über ihn lachen musste. Er fragte mich, ob ich damit einverstanden wäre, mit ihm morgen Essen zu gehen. Ich stellte die Gegenfrage: "Soll das jetzt ein Date sein?"

"Ja, wieso nicht," antwortete er, "oder hast du einen Freund?"

Nein habe ich nicht."

Die Verabredung stand somit fest. Danach nahm ich mir ein Taxi und fuhr zu meinem Studentenwohnheim. Sofort plagte mich mein schlechtes Gewissen, weil ich Antonio angelogen hatte. Ich konnte aber nicht anders, mein Leben musste hier weitergehen. Am nächsten Tag so gegen sieben Uhr abends fing ich an, mich schön zu machen. Um acht Uhr wollte mich Antonio abholen. Fünf Minuten vor acht lief ich aus dem Haus und Antonio stand bereits neben einem schwarzen Jaguar. Er hielt mir wie ein Gentleman die Wagentüre auf und bat mich, indem er eine Verbeugung machte, einzusteigen. Als er ebenfalls eingestiegen war, gab er mir einen Begrüßungskuss auf die Wange.

"Bist du mit einem echten italienischen Weinkeller, in dem es auch ausgezeichnetes Essen gibt, einverstanden?"

"Natürlich, ich liebe richtig traditionelles Essen."

Das Essen war hervorragend und zusammen hatten wir eine ganze Flasche Wein getrunken. Im Hintergrund lief romantische italienische Musik und Antonio erzählte mir von Kanada und wie sehr ihm Italien gefällt. Er wollte alles Mögliche von mir wissen und fragte mich auch, ob ich nach meinem Studium hierbleiben möchte. Ich sagte ihm, dass ich noch keine bestimmten Pläne hätte und dass es mir egal wäre, wo ich leben würde, nur nicht in Rumänien. Ich erzählte ihm auch von meinem wichtigsten Ziel, Karriere zu machen und dass ich dafür auch kämpfen würde.

"Könntest du auf deine Karriere verzichten, wenn du heiraten und Kinder bekommen würdest?" fragte er mich spontan.

Ich überlegte eine Weile und antwortete ihm:

"Nein, ich würde für keinen Mann auf der Welt auf meine Karriere verzichten. Jeder Mann, der das von mir verlangen würde, kann mir gestohlen bleiben. Mein Mann müsste meine Karrierepläne akzeptieren und respektieren. Musik ist mein Leben und ich will eine von den allerbesten Flötistinnen sein."

"Ich finde es gut, wie du über deine Zukunft denkst, aber manchmal muss man im Leben auch Opfer bringen."

"Ja, aber nicht, wenn es um meine Zukunft geht. Ich habe mein Ziel genau vor Augen und das möchte ich auch erreichen."

Gegen Mitternacht schlug er vor, einen Spaziergang zu machen, um die vielen Kalorien des guten Essens wieder zu verbrennen.

Er fügte noch hinzu: "Es wäre traurig, wenn in meinem engen Kostüm "Speckröllchen" hervorquellen würden."

Ich lachte und gab ihm recht.

Seinen Jaguar ließen wir auf dem Parkplatz stehen und liefen zu Fuß über die Straße zu einem See. Während wir nebeneinander her liefen, legte Antonio irgendwann seinen Arm um mich. Nach einer Weile hielt er an und meinte frech: "Ich muss es einfach tun, auch wenn ich eine Ohrfeige dafür bekomme." Er zog mich an sich und küsste mich lange und leidenschaftlich mitten auf den Mund. Ich erwiderte den Kuss und als er aufhörte, blinzelte er mich ein bisschen überrascht an.

Verschmitzt sagte ich zu ihm: "Wieso sollte ich dich ohrfeigen? Vielleicht hatte ich längst erwartet, dass du mich küsst."

"Und, hattest du?" fragte mich Antonio.

"Ja, irgendwie schon." "Dann darf ich dich also weiter küssen?"

"Solange du willst," lächelte ich ihn an.

Er hörte nicht auf, mich zu küssen, aber es war völlig anders als mit Mirel. Bei Mirel bekam ich jedes Mal eine Gänsehaut und war davon immer ein wenig wie besoffen. Bei Antonio spürte ich auch etwas, aber es war nicht vergleichbar mit dem was ich von Mirel gewohnt war. Nachdem ich eine Zeit lang in Gedanken versunken war, bat ich Antonio, mich nach Hause zu fahren, weil ich noch für ein Konzert üben wollte. Einige Tage bekam ich Antonio nicht zu Gesicht und war ehrlich gesagt froh darüber. Ich wollte ihn nicht sehen. Der Abend mit ihm hatte mir gut getan, dennoch wurden so viele Erinnerungen in mir wach, dass ich mich danach richtig schuldig und sehr schlecht fühlte. Ich dachte an Mirel und was ich ihm schon alles angetan hatte. Ich traf mich mit anderen Männern, während er voller Sehnsucht auf meine Rückkehr wartete. Antonio rief mich jeden Tag an. Meine Zimmerkollegin hatte den Auftrag, ihm auszurichten, dass ich nicht da sei. Selbst ging ich nicht ans Telefon, da ich zu feige dazu war. Eines Tages klopfte es dann an der Tür. Ich dachte mir nichts dabei und öffnete die Haustüre.

Wer stand da unerwartet vor mir? Antonio, mit einem riesigen Blumenstrauß und einer Schachtel Pralinen in der Hand.

"Ich wusste, dass du da bist und ich weiß auch, dass du mir aus irgend einem für mich nicht nachvollziehbarem Grund aus dem Weg gehst. Wenn ich etwas falsch gemacht habe, verzeih mir und gib mir bitte noch eine Chance, diesmal alles richtig zu machen." Er streckte mir die Blumen und die Pralinen entgegen. "Warte zwei Minuten," sagte ich, nahm ihm die Blumen und die Pralinen aus der Hand und schloss die Türe hinter mir zu. Einen Augenblick stand ich wie angewurzelt an der Türe und wusste nicht, was ich machen sollte. War es besser, ihn herein zu bitten oder mit ihm auszugehen? Ich lief schnell ins Bad, putzte mir die Zähne, stellte die Blumen in die Vase, machte die Türe wieder auf und bat ihn herein. Er begrüßte mich nochmals, aber diesmal mit einer Umarmung und einem Kuss. Wir setzten uns gemeinsam auf die Bank, die ich in meinem Zimmer unter das Fenster gestellt hatte. Sie stand dort, weil ich dadurch während des Übens einen phantastischen Ausblick genießen konnte. Er ergriff meine Hand und sagte zu mir, dass er mich sehr mag, mich öfter sehen und mehr Zeit mit mir verbringen möchte. Selbstverständlich nur dann, wenn ich Freizeit hätte, weil er meiner Karriere auf keinen Fall im Wege stehen wollte. Dadurch gab er mir das Gefühl respektiert zu werden. Eine lockere Beziehung war das einzige was ich ihm anbieten konnte. Er hätte alles akzeptiert, die Hauptsache war ihm, dass er mich sehen konnte. Wir küssten uns und ich strengte mich an, meine Gedanken nicht abschweifen zu lassen. Es war unbeschreiblich schwer, nicht an Mirel zu denken, aber ganz langsam machte sich in mir eine Geilheit bemerkbar wie schon lange nicht mehr und mein Kopf wurde ganz leer. Ich wollte nur noch Sex haben und den hatten wir dann auch. Antonio war viel älter und erfahrener als ich. Er konnte sehr gut mit mir umgehen und wusste sofort, was mir gefiel. Es war toll und er brachte mich sehr schnell zum Orgasmus. Meine Zufriedenheit genoss ich danach bei einer Zigarette. Antonio hielt mich mit seinen Armen umschlungen und küsste zärtlich meinen Nacken. Normalerweise war Antonio Nichtraucher und musste prompt husten als er einen Zug von meiner Zigarette probierte.

"Was für ein blöder Genuss," meinte er. "Es schmeckt bitter und ist auch noch völlig ungesund. Lieber trinken wir ein Glas Prosecco danach. Meinst du nicht, dass es besser schmeckt?"

"Doch, mit einer Zigarette dazu."

Er lachte: "Ja, ihr Raucher, alles schmeckt besser mit einer Zigarette."

"Hast du was dagegen?"

"Natürlich nicht, es ändert doch nichts an meinen Gefühlen zu dir."

Von diesem Tag an traf ich Antonio regelmäßig. Wir unternahmen sehr viel gemeinsam und verliebten uns ineinander. Ich sah das Ganze sehr locker und ging auch mit anderen Männern in die Disco und hatte Verabredungen in Restaurants und Cafeterias. Er fragte mich immer nach meinen Dates, war auf meine Eskapaden nicht eifersüchtig und brachte mir ein uneingeschränktes Vertrauen entgegen. Nach einigen Monaten wollte er von mir wissen, ob ich nach meinem Studium bereit wäre mit ihm nach Kanada zu gehen. Auch dort könnte ich Karriere machen. Ich antwortete ihm, dass es bis dahin ja noch einige Zeit dauern würde und ich noch genug Zeit hätte mir darüber Gedanken zu machen. Im Moment lief in meinem Leben einfach alles nahezu perfekt und ich hatte überhaupt keine Lust so weit in die Zukunft zu planen.

Antonio musste für eine Woche nach Deutschland und statte mir einen Besuch ab, bevor er losfuhr. Wir liebten uns fast die ganze Nacht und er gestand mir seine Liebe.
Er sagte: "Überlege dir in der Zwischenzeit, ob du dein Leben mit mir verbringen möchtest. Ich wäre sehr glücklich darüber. Du wärst die beste Frau für mich und wir passen so gut zusammen. Wir haben beide fast den gleichen Beruf."

In den folgenden Tagen war ich richtig froh darüber, alleine zu sein. So konnte ich in Ruhe sein Angebot nochmals überdenken. Ich dachte an Mirel und telefonierte mit meinen Eltern. Ihnen erzählte ich von Antonio und fragte nach Mirel. Vater hatte ihn nicht oft gesehen, weil Mirel ja die meiste Zeit in der Stadt an der Universität verbrachte. Vater hatte Mirel an einem Sonntag auf dem Markt getroffen. Mirel hätte ihn angesprochen und nach mir gefragt.
"Ich sagte ihm, dass es dir gut geht und wenn du es für richtig hältst, würdest du dich bestimmt bei ihm melden."
"Und, wie hat er es aufgenommen?"
"Er sagte, ich soll dir ausrichten, wenn du mal dein Herz brauchen solltest, würdest du wissen, wo es zu finden ist."

Bevor ich das Telefonat beendete, fragte mich mein Papa:

"Was soll ich ihm denn von dir ausrichten?"

"Sag ihm, dass ich im Moment versuche, ohne mein Herz zu leben und ich hoffe, dass mein Verstand stark genug dafür ist..."

Danach hatte ich den ganzen Tag einen stechenden Schmerz in der Brust und wandelte schlafwandlerisch und ziellos durch Rom. Gegen zehn Uhr am Abend kam ich zu Hause an, unsagbar müde und schlecht gelaunt. Ich dachte die ganze Zeit nur an Mirel. Ständig versuchte ich mir vorzustellen, wie er aussah, als er diese Worte sagte. War er traurig oder böse auf mich?. Die Sehnsucht nach ihm war wieder da und ich vermisste ihn. Wenn es nur nach meinem Herzen gehen würde, müsste ich auf meine Karriere verzichten, mich in seine Arme werfen um mit ihm bis ins hohe Alter glücklich zu werden. Aber meine Gier nach Erfolg war doch stärker.

Antonio rief mich an und sagte:

"Ich habe das Gefühl, dass dein Bauch härter und dicker ist als sonst. Vielleicht solltest du dir einen Termin beim Frauenarzt geben lassen, nur um zu sehen, ob alles in Ordnung ist."

"Mach dir bitte keine Sorgen, ich habe meine Periode regelmäßig. Wahrscheinlich habe ich nur ein bisschen zugenommen."

"Es muss nicht unbedingt eine Schwangerschaft sein, aber zur Sicherheit gehe bitte hin."

Ich vorsprach es ihm und verschwendete keinen Gedanken mehr daran. Der Gynäkologe untersuchte meinen Bauch mit dem Ultraschall, schauto mich danach erfreut an und sagte:

"Gratuliere, sie bekommen einen Jungen. Sie sind in der sechzehnten Woche."

Ich starrte den Arzt ungläubig an und konnte keinen Ton mehr heraus bringen.

Besorgt schaute er mich an und fragte:

"Ist alles in Ordnung mit ihnen?"

Ich antwortete noch immer nichts und war wie gelähmt.

"Geht es Ihnen gut, Signorina?" fragte er mich weiter und schüttelte mich ein wenig.

Ich kam wieder zu mir und antwortete wie betäubt:

"Ja, es ist alles in Ordnung, es ist nur so überraschend. Ich hatte nicht damit gerechnet."

"Er hatte recht," murmelte ich.

Der Arzt fragte: "Wer denn?"

"Mein Freund. Er hatte eine Vorahnung."

"Es ist ein unerwünschtes Kind, habe ich recht?"

"Ja!"

"Und jetzt, was wollen sie tun. Für eine Abtreibung ist es ziemlich spät, aber es würde mit einem gewissen Risiko und guten Ärzten noch gehen."

"Nein, ich möchte es nicht abtreiben. Es ist mein erstes Kind und ich würde es mir nie verzeihen, wenn ich es umbringen würde. Ich habe nicht das Recht, so etwas zu tun, auch wenn es ungeplant ist und meine Pläne über den Haufen wirft."

"Sie dürfen mich jederzeit anrufen oder besuchen, wenn sie wollen. Ich bin für sie da," sagte der Arzt und drückte mich an seine Brust.

Ich lief zur ersten Telefonzelle und rief Antonio an.

"Ich war beim Arzt."

"Und, ist was?"

"Ja, du bekommst einen Sohn."

"Ist das dein Ernst."

"Meinst du, ich mache Witze?"

Ich hörte Schreie und Jubelgeheul am anderen Ende der Leitung.

"Ich bin so glücklich," sagte er und "ich liebe dich. Ich mache mich sofort auf den Weg. Das müssen wir feiern. Ich küsse dich."

Dann legte er auf. Ich stand da, mit dem Hörer in der Hand und wusste nicht, ob ich mich über seine Reaktion freuen, oder über mein eigenes Unglück weinen sollte. Ich dachte an Mirel. Was soll er von mir denken, wenn er erfährt, dass ich ein Kind von einem anderen Mann erwarte? Ich hatte ihn betrogen und seine Gefühle verletzt, obwohl er mich so sehr liebte. Mir war miserabel und elend zumute. Ich konnte mich selber nicht ausstehen, wenn ich daran dachte, wie sehr ich ihn damit verletze. Ich wollte weinen wie ein geprügelter Hund, aber irgendwie hatte ich keine Tränen mehr. Ein starker Schmerz bohrte in meiner Brust. Es musste mein Herz sein, ich hatte es für immer verloren.

Antonio tauchte gegen Abend freudestrahlend mit einem Blumenstrauß in der Hand in meiner Studentenbude auf.

"Mach dich schnell fertig, wir wollen heute ausgehen und feiern."

Lust dazu hatte ich ehrlich gesagt überhaupt keine, aber ich wollte ihm seine Freude gönnen und seine gute Laune nicht verderben. Er führte mich in eine Pianobar. Dort hatte er einen Tisch für uns reserviert, direkt neben dem Klavier. Er bat den Klavierspieler, für mich zu spielen. Der klimperte für mich den ganzen Abend. Wir ließen uns ein wunderbares Menü mit Vorspeise, Suppe, Hauptgang und Dessert schmecken. Dazu tranken wir eine Flasche Champagner. Antonio war überglücklich und telefonierte mit allen seinen Freunden, um Ihnen die frohe Botschaft mitzuteilen. Der Abend entwickelte sich noch richtig schön. Antonio's liebenswertes Verhalten und seine ungeteilte Aufmerksamkeit mir gegenüber bauten mich langsam wieder auf. Für einige Stunden vergaß ich, darüber nachzudenken was erst werden sollte, wenn das Baby da ist. Auch an Kanada verschwendete ich keinen einzigen Gedanken. Antonio vereiste immer öfter mit seiner Balletcrew. So hatte ich genügend Zeit mich nur auf mein Studium zu konzentrieren, was mir zwar nicht immer gelang, aber als die beste Lösung erschien. An einem Morgen wachte ich mit höllischen Bauchschmerzen auf. Auf der Toilette stellte ich mit Entsetzen fest, dass ich blutete. Ich bekam es natürlich mir der Angst zu tun und rief sofort den Frauenarzt an. Der riet mir, mich ohne Verzögerung in ein Taxi zu setzen und in seine Praxis zu begeben. Schnell zog ich mir etwas ordentliches über und machte mich besorgt auf den Weg. Mein Gynäkologe beruhigte mich:

"Es ist nicht gegen die Norm, dass während der Schwangerschaft Blutungen auftreten, aber Ihre Bauchschmerzen machen mir Sorgen. Ich werde Ihnen ein leichtes Medikament verschreiben und sie sicherheitshalber für eine Nacht hier behalten."

Er brachte mich in ein Zimmer, in dem ein Bett und ein paar Geräte standen. Nachdem er den Herzschlag meines ungeborenen Babys untersuchte, verabreichte er mir ein Medikament.

"Sollte es ihnen bis zum späten Nachmittag besser gehen, können sie vielleicht schon wieder nach Hause."

Als er schon das Zimmer verlassen hatte, erschien er bereits nach fünf Minuten wieder. "Haben sie heute eigentlich schon etwas gegessen?"

"Natürlich nicht," sagte ich, "es ist erst neun Uhr und ich frühstücke nie so früh am Morgen."

"Kein Problem," meinte er. "Wenn sie einverstanden sind, bringe ich Frühstück für uns beide und wir können zusammen essen."

"Das ist sehr nett von Ihnen, aber sie brauchen das nicht für mich zu tun."

"Doch, ich mach das gerne. Sie müssen wegen der Nebenwirkungen der Medizin etwas essen."

"Also gut, wie sie meinen."

"Dann bis gleich," sagte er und verließ mein Zimmer. Durch die Medikamente konnte ich entspannen und dachte über diesen Arzt nach. Er war ein fürsorglicher, sehr netter Mann. Er dürfte nicht viel älter als 30 sein, war nicht sehr groß, hatte schwarze Haare und Augen. Sein Gesicht wirkte sehr männlich, nicht nur durch den Drei-Tage-Bart. An seinem weißen Arztkittel steckte sein Namensschild. Ich versuchte zu erraten, für welchen Vornamen das "T" stand. Ich kannte nicht sehr viele Männervornamen, die mit „T" anfangen und gab schließlich auf. Du kannst ihn ja einfach danach fragen ging mir durch den Kopf. Mit einem Tablett beladen betrat er kurze Zeit später wieder das Zimmer. Darauf stand eine kleine Blumenvase mit einer blühenden Tulpe darin, die mir sofort ins Auge sprang. Als das Tablett auf dem Tisch stand, bat er mich zu Tisch. Wie ein Gentleman zog er den Stuhl etwas zurück und als ich im Begriff war, mich zu setzen, schob er ihn wieder an den Tisch. Das Frühstück sah sehr gesund und appetitlich aus und bestand aus frischen Erdbeeren, Salat, Brötchen, Salami, Schinken, verschiedenen Käsesorten und Leberwurst. Während wir uns das Frühstück genüsslich schmecken ließen, fragte er mich über meine Familie aus. Wissen wollte er auch von mir, ob ich nun glücklich wäre und ob ich mit Sicherheit sagen könnte, dass sich mein Freund um das Kind kümmern würde.

"Als allein erziehende Mutter werden sie und ihr Kind es doppelt schwer haben! Ich weiss wovon ich spreche, denn ich bin auch ohne Vater aufgewachsen. In meinem Beruf erlebe ich immer wieder geradezu tragische Schicksale, die leider oftmals mit der Geburt eines Kindes zusammenhängen. Viele Männer wollen nur ihren Spass. Wenn dann erst mal ein Kind dadurch entsteht, sind sie schneller weg als man schauen kann und entziehen sich völlig ihrer Verantwortung", erzählte er mir mit einer bedauernden Miene.

Ganz ruhig hörte ich mir den Vortrag des Arztes an und meinte nur:

"Ich kann mir nicht vorstellen, dass Antonio mir so etwas antun würde, er liebt mich und würde mich nie im Stich lassen."

"Ich wünsche es dir und wäre sehr traurig, dich leiden zu sehen."

Plötzlich sprach er mich mit "Du" an und streichelte mir über meine Haare. Mir schoss durch den Kopf:

"Was ist das doch für ein freundlicher und hilfsbereiter Doktor!"

Die Signale, die er für jeden sichtbar ausstrahlte, nahm ich nicht wahr, da ich viel zu sehr mit meinen eigenen Sorgen beschäftigt war.

Er hatte sich wohl in mich verliebt. Am Abend war ich schon wieder fit und meine medizinischen Werte im normalen Bereich. Spontan bot mir der Arzt an, mich mit seinem Auto nach Hause zu fahren, wenn ich nichts dagegen hätte.

"Das ist nicht nötig, ich möchte ganz gerne ein Stück zu Fuß gehen und unterwegs eine Kleinigkeit essen."

"Wie praktisch, ich habe auch Hunger. Wie wär's, wenn wir zusammen etwas essen würden?"

"O.k., sie haben mich überzeugt. Sind sie immer so nett zu Ihren Patientinnen?

"Ich vermute ja, aber du bist etwas Besonderes", meine er lächelnd.

Bei unserem Spaziergang lag ein griechisches Restaurant auf dem Weg. Dort war es urgemütlich und wir aßen ein salziges Gebäck, das mit Hackfleisch gefüllt war und wählten eine Coke dazu aus. Das Gebäck schmeckte richtig lecker. Nach einigen Bissen fragte mich der Arzt:

"Es ist dir doch sicher schon aufgefallen, dass ich dich per "Du" anrede. Du könntest mir einen großen Gefallen tun, wenn du mich ebenfalls Duzen würdest?"

"Ja klar, von mir aus, kein Problem. Du kennst ja bereits meinen Namen durch die Krankenakte, aber ich kenne deinen noch nicht. Ehrlich gesagt habe ich mir schon überlegt, wofür wohl das "T" auf Deinem Namensschild steht."

"Für Tiberius."

"Oh, das hört sich schön an, klingt so richtig nach den alten Römern."

“Ja, meine Mutter bestand darauf, dass ich den Namen ihres Großvaters bekommen soll.”

Tiberius fuhr mich zu meiner Studentenwohnung und wollte mich in den nächsten Tagen besuchen.

“Du kannst mich selbstverständlich besuchen“, verabschiedete ich mich von ihm mit einem unverbindlichen “Ciao“ und war schon auf dem Weg in die Wohnung. Er hielt mich jedoch davon ab, indem er mich festhielt, und mit den Worten umarmte:

“Ich mag dich und passe bitte auf euch beide auf.”

Am folgenden Wochenende sah ich Antonio. Sein Verhalten hatte sich nicht verändert, er benahm sich mir gegenüber genauso fürsorglich und aufmerksam wie sonst auch. Wir gingen zusammen Essen, danach ins Kino und anschließend noch spazieren.

Er fragte mich:

“Hast du nochmal über alles nachgedacht und würdest du mit mir nach Kanada gehen? Es wäre das Beste für dich und den Kleinen.”

“Ich weiß nicht, ob das die richtige Entscheidung ist. Wenn ich in Kanada bin kann ich mein Studium nicht beenden und habe dann auch keine Chance auf eine eigene Karriere. Du wärst immer unterwegs und ich mit dem Baby ständig alleine. Und was würde deine Mutter sagen, wenn sie das erfährt?”

“Meine Mutter weiß es schon, Pansela.”

“Und, was hat sie gesagt?”

“Na ja, sehr froh war sie nicht darüber. Sie braucht eben Zeit bis sie das alles verdaut hat. Aber, das wird sie schon, sie ist ein guter Mensch.”

“Und dein Vater?”

“Seine Meinung interessiert mich nicht.”

“Oh Antonio, ich habe einfach Angst und gar kein gutes Gefühl bei der Sache. Könntest du nicht hierbleiben? Von hier aus kannst du doch genauso deine Arbeit machen und als Kanadier ist das doch kein Problem für dich.”

“Ja, es wäre schon möglich, aber ich müsste dann komplett bei Null wieder beginnen. Meine Eltern würden mich enterben.”

“Ja, deine Eltern würden dich enterben und mich würden sie sowieso nicht akzeptieren.”

Er sagte eine Weile nichts mehr und ich war richtig enttäuscht über seine Reaktion. Wieso musste mir das passieren? Dann gab ich ihm klar und deutlich zu verstehen:

“Ich werde nicht nach Kanada gehen. Mein Studium werde ich hier beenden und wenn du bei mir bleiben will, ist es perfekt und wenn nicht, dann kannst du es vergessen.“

Antonio meinte, er würde sich das überlegen. Er ging für zwei Wochen nach Frankreich und meldete sich nicht. Ich dachte, o.k. es hat sich also erledigt. Ich werde auch alleine damit klar kommen. Er will mich verlassen und hat nicht einmal so viel Mut, es mir direkt ins Gesicht zu sagen.

Während dieser zwei Wochen besuchte mich Tiberius mehrmals. Er brachte mir jedes Mal Obst und was leckeres zum Essen mit. Er lud mich ein, mit ihm am kommenden Wochenende aufs Land auf seinen Bauernhof zu fahren. Ich würde mich dort phantastisch fühlen, meinte er. Samstags am frühen Morgen holte er mich ab und wir fuhren los. Nach wenigen Kilometern hielt er in einem Dorf an und sagte:

“Hier werden wir frühstücken. Es gibt hier die besten Omeletts Italiens.”

Das konnte ich nach dem Frühstück nur bestätigen. Zum Mittagessen führte er mich in ein Lokal in einen anderen kleinen Ort. Dort gab es ebenfalls eine exzellente Küche. Am Abend hatten wir unser Ziel endlich erreicht. Das Haus war wunderschön und der Garten mit seinen riesigen Bäumen wirkte wie im Märchenland. Er fragte mich, ob ich Pferde mag und ich antwortete: “Ja, sehr!”

“Dann habe ich morgen eine tolle Überraschung für dich. Aber bis dahin machen wir uns einen schönen Abend.”

Er zeigte mir mein Zimmer und versprach mir wieder da zu sein, bis ich ausgepackt hätte. Er müsse nur noch etwas erledigen. Meine Sachen packte ich schnell aus der Tasche aus und ging neugierig durch das Haus. Alle Zimmer schaute ich mir an, das Bad und auch die Zimmer, die im oberen Stockwerk lagen. Das Wohnzimmer war riesengroß und mit sehr viel Holz geschmackvoll, aber sehr einfach eingerichtet. Vor dem Kamin stand ein runder Sessel, auf dem Pelze lagen. Bei meinem Rundgang fand ich auch das

Esszimmer, das von der Küche durch eine Wand abgetrennt war. In der Wand befand sich eine kleine Bar und darüber ein Fenster. Dieses Fenster war vermutlich für Gegenstände da, die von der Küche oder umgekehrt durchgereicht werden sollten. An den Wänden hingen Teller, die alle mit verschiedenen Motiven bemalt waren. Ich setzte mich an den großen Esstisch, auf einen der acht Stühle und inspizierte alles im Detail. Ich fand es richtig gemütlich, obwohl es etwas karg eingerichtet war. Ich konnte mir gut vorstellen, in so einem Haus zu wohnen. Die erholsame Ruhe und die frische Luft, die mich frei durchatmen ließ und das weite Land... Es war einfach phantastisch.

Ich hörte meinen Namen und eilte sofort zurück ins Wohnzimmer. "Ich bin wieder da und habe leckere Sachen eingekauft.

Ich denke, das müsste uns bis morgen Abend reichen," sagte Tiberius, mit drei Tüten beladen.

"Das ist viel zu viel," bemerkte ich.

"Ach was, wir essen was wir mögen und die Reste schenken wir den Leuten, die im Nachbarhaus am Ende des Gartens wohnen, lachte er.

"Es gibt noch ein Haus?" fragte ich überrascht.

"Ja, da wohnt eine Familie, die auch nach meinen Tieren schaut und alles hier pflegt. Und, wie gefällt es dir in meinem kleinen Paradies?"

"Es ist wunderschön hier."

"Ja, das finde ich auch. Ich war damals, als ich das Haus kaufen konnte, sofort in die Gegend und in das Haus verliebt. Leider habe ich viel zu wenig Zeit um regelmäßig hierher zu kommen. Aber vielleicht hast du Lust, in Zukunft hier zu sein, allein oder mit mir. Lass es mich einfach wissen. Dann würde ich mir auch mehr Zeit dafür nehmen."

Wir packten die Tüten aus und er fing an zu kochen. Ich wollte ihm helfen, aber er meinte, es wäre besser, wenn ich mich hinsetze, einen Aperitif trinke und mich nebenher mit ihm unterhalten würde. Er wollte alleine für uns kochen. Ich war damit einverstanden und blickte mich nach etwas zum Trinken um.

"Hier in der Wandbar," meinte er. "Es ist alles angenehm kühl. Derjenige, der das gebaut hat, wusste schon was er tat." Als Tiberius den Schrank öffnete, kamen alle möglichen Flaschen zum Vorschein.

"Ich nehme einen Martini Bianco, bitte," sagte ich.

"O.k., wird gemacht Signorina," schmunzelte er und holte mir ein wunderschönes Kristallglas. Einen Zuckerrand zauberte er mir auch noch an mein Glas und schenkte dann den Martini ein. Zum Schluß gesellten sich noch eine Zitronenscheibe und zwei Eiswürfel zu meinem Martini.

"Darf ich auch rauchen?" fragte ich ihn.

"Eigentlich ist es nicht so gut für den Kleinen, aber wenn du es mit dem Rauchen nicht übertreibst," meinte er und schaute mich dabei richtig besorgt an. Ich zündete mir eine Zigarette an, trank von meinem Martini und unterhielt mich mit ihm über das Essen und Kochen. Tiberius erzählte mir, dass das Kochen eine seiner Leidenschaften wäre und seine zukünftige Frau nur essen können müsste. Nach einer halben Stunde war seine Pasta "Tortellini" fertig. Als Vorspeise gab es Melonen mit Parmaschinken und als Dessert Tiramisu. Wir ließen uns die Pasta auf der Terrasse schmecken und tranken anschließend eine Flasche Wein. Weil ich ein wenig beschwipst war, redete ich ohne Punkt und Komma. Auch von Antonio und seinen Plänen erzählte ich ihm und dass ich nicht wüsste, wie ich mich entscheiden soll. Er nahm meine Hand und sagte:

"Ich kann mir vorstellen, wie dir zu Mute ist und ich möchte dir helfen. Ich möchte für dich und deinen Sohn da sein. Pansela, bitte heirate mich."

Ich schaute ihn entgeistert an und lachte:

"Ist das jetzt ein schlechter Witz oder habe ich mich vielleicht verhört?"

"Nein, es ist kein Witz. Höre mir bitte zu. Als ich dich das erste Mal in meiner Praxis sah, habe ich mich sofort in dich verliebt und ich wusste sofort, dass ich keine andere mehr will. Ich verspreche dir, dich glücklich zu machen und deinen Sohn werde ich sofort nach seiner Geburt adoptieren. Er soll mein Kind sein. Ich verlange von dir auch keinen Sex, wenn du nicht willst. Bitte Pansela, werde meine Frau."

Tausende von Gedanken schossen mir durch den Kopf. Nach ein paar Sekunden hörte ich mich selbst sagen: "Ja, ich will deine Frau werden."

Tiberius küsste meine Hand und danach küsste er mich ganz vorsichtig und sanft auf den Mund.

"Du hast mich zum glücklichsten Mann der Welt gemacht und dafür werde ich dir mein ganzes Leben dankbar sein. Schade, dass ich jetzt in diesem besonderen Moment keinen Ring für dich habe, wie es sich gehört. Aber bald wirst du "Frau Kapeloni" sein mit allem, was dazu gehört."

Ich schlief alleine in meinem Zimmer um über alles in Ruhe nachdenken zu können. In diesem Moment sah ich es als die beste Lösung für mich an. Vor allem könnte ich ohne Probleme weiter studieren und mein Kind hätte einen anständigen Vater, der gut für uns sorgen würde. Davon war ich damals überzeugt.

Am nächsten Morgen überraschte mich Tiberius mit seinen Pferden, nachdem wir gefrühstückt hatten. Wir sind mit den Pferden einige Stunden geritten. Am Anfang war es für mich etwas schwierig, aber nachdem mir Tiberius den Umgang mit dem Zügel erklärt hatte, funktionierte es ganz gut. Es war ein herrlicher, romantischer Sonntag. Den ganzen Tag über fühlte ich mich frei von allen Sorgen und in seiner Nähe sicher und geborgen. Ich wusste, dass alles gut gehen würde und ich mich richtig entschieden hatte.

Zurück in Rom kümmerte sich Tiberius um die Papiere und den Termin beim Standesamt. Innerhalb von acht Tagen war alles geregelt und wir heirateten. Zur Hochzeit schenkte er mir einen Ring aus Weißgold mit einem funkelnden Rubin. Er meinte: "Der rote Stein ist das Zeichen meiner Liebe."

Zur Trauung kamen nur ein paar Freunde von ihm und meine Zimmerkollegin. Danach gingen wir in ein Restaurant, in dem Tiberius einen Tisch für uns reserviert hatte und feierten bis spät in die Nacht.

Von Antonio hörte ich vier Wochen nichts. In der Zwischenzeit war ich bereits umgezogen und hinterließ bei meiner Zimmerkollegin eine Nachricht:

"Lieber Antonius, ich weiß, dass ich mich nie für Kanada entscheiden könnte, und du dich bestimmt nicht für Italien. Deshalb habe ich für mich entschieden, hier zu bleiben. Um die Zukunft für unseren Sohn zu sichern, habe ich einen liebevollen Mann geheiratet. Verzeih mir und vergesse mich."

Mein Bauch wurde immer dicker und ich bewegte mich immer langsamer. Ich ging in die Praxis und bevor ich meinen Mantel ausziehen konnte, fühlte ich zwei Hände auf meinen Schultern.

"Darf ich dir helfen?" hörte ich eine Stimme hinter mir und erkannte Antonio.

Ich drehte mich zu ihm um und sagte:

“Was willst du hier, Antonio? Es ist vorbei mit uns.”

“Ich glaube, ich habe ein Recht hier zu sein, es ist auch mein Kind, Pansela.”

Ach, sag mir bitte nicht, dass du auf einmal an mir und dem Kind interessiert bist. Hast du die Wochen und Monate vergessen, in denen du nicht einmal angerufen hast, um zu sehen, wie es mir geht?”

“Natürlich nicht, aber ich musste nachdenken. Ich hatte mich für dich und Italien entschieden, aber als ich am Wochenende angerufen habe, warst du nicht da. Als ich zu dir kam, warst du schon umgezogen und ich habe dich verzweifelt überall gesucht. Wie konntest du nur so schnell in die Arme eines anderen laufen? Wahrscheinlich war ich dir schon immer egal, sonst hättest du so etwas nicht tun können. Wer ist dieser Typ, was kann er dir bieten?

Seine Stimme wurde immer lauter und die Krankenschwester starrte uns an.

“Ich bin der Typ,” sagte Tiberius, während er auf uns zu lief.

“Sie?” Er schaute mich an.

“Pansela, ist das wahr, du hast deinen Frauenarzt geheiratet?”

“Ja, es ist wahr.”

“Natürlich, ich verstehe, sie war traurig und du konntest es kaum erwarten, sie zu trösten und zu verführen. Du hast ihre Situation ausgenutzt, nicht wahr Herr Doktor?” Antonio war schrecklich wütend.

“Antonio, ich bitte dich, es war meine Entscheidung.”

Pansela, du weißt, dass ich dich liebe. Bitte komm wieder zu mir. Verzeih mir, dass ich so lange zum Nachdenken gebraucht habe, aber ohne dich will ich nicht mehr sein. Du bist meine einzige Liebe. Bitte verlasse mich nicht.”

“Es ist viel zu spät, Antonio,” sagte ich und schaute ihn dabei mit eiskalten Augen an. “Bitte gehe jetzt und vergesse mich und das Kind.”

Er drehte sich um und verließ die Praxis. Ich sah ihn nicht mehr bis zu der Geburt meines Sohnes. Zwei Tage danach erschien er im Krankenhaus und bat mich, seinen Sohn sehen zu dürfen. Er nahm ihn auf den Arm, schaute ihn genau an und legte ihn zurück in sein Bettchen und sagte:

“Du wirst mich nie vergessen können, weil ich durch ihn immer bei dir bin.”

Er küsste mich auf die Stirn und ging. Seit diesem Tag habe ich ihn nie wieder gesehen und auch nichts mehr von ihm gehört, als wäre er von der Erdfläche verschwunden.

Die Zeit verging sehr schnell. Mein Sohn "Rafaelo" wurde ein Jahr alt. Meine Ehe mit Tiberius funktionierte zwar gut, aber mir fehlte das Prickeln und Knistern. Er war ein vernünftiger Mann, dem jedoch Spontanität völlig fremd war. Mit ihm konnte ich nie etwas verrücktes, ungeplantes machen. So hatte ich von Tag zu Tag mehr und mehr das Bedürfnis, etwas zu verändern. Das Gefühl unglücklich zu sein und innere Leere machte sich breit. Mein Studium hatte ich inzwischen abgeschlossen und ich bekam bei den Philharmonikern in Mailand einen fünfjährigen Vertrag. Immer häufiger musste ich in anderen Ländern spielen und war jede zweite Woche unterwegs. Es gefiel mir und tat mir gut, in der Weltgeschichte herumzureisen, neue Städte und neue Menschen kennen zu lernen. Für Rafaelo hatten wir ein Kindermädchen, das rund um die Uhr im Haus war und auch den Haushalt in Ordnung brachte.

Tiberius wurde mit der Zeit unzufrieden und meinte, ich soll meine Karriere aufgeben. Er würde mir doch alles bieten, was ich mir nur wünschen könnte. Meine Arbeit wollte ich auf keinen Fall aufgeben und das machte ich ihm auch unmißverständlich klar. Er reagierte darauf sehr aggressiv und verpasste mir meine erste Ohrfeige. Ich war völlig entsetzt und schockiert und wollte kein Wort mehr mit ihm reden. Er entschuldigte sich mehrmals und versprach mir, dass es nie wieder vorkommen würde. Wir planten zu diesem Zeitpunkt unseren ersten gemeinsamen Urlaub, der in Rumänien verbracht werden sollte. Da ich nach fast drei Jahren endlich wieder nach Hause kommen sollte, war ich die ganze Woche über, bis es endlich los ging, aufgeregt und nervös. Bei meinen Eltern trafen wir abends ein, völlig erschöpft von der langen Autofahrt. Dennoch blieben wir bis spät in die Nacht bei ihnen. Es gab so viel zu erzählen.

Vater fragte mich:

"Würdest du nicht gerne zu einer Veranstaltung gehen, um all deine Freunde wiederzusehen?"

Ich übersetzte Tiberius, was mein Vater gesagt hatte und er war damit einverstanden.

Am nächsten Tag besuchten wir meine älteste Schwester, meinen Bruder und ein paar Verwandte. Es tat gut, wieder da zu sein und sie alle zu sehen.

Insgeheim hoffte ich, dass ich am Abend bei der von Vater erwähnten Veranstaltung, Mirel treffen würde. Schon bei dem Gedanken an ihn klopfte mein Herz wie verrückt. Ich zog ein langes schwarzes Kleid und schwarze Pumps an. Schmuck trug ich keinen. Lediglich eine kleine schwarze Handtasche, die man wie ein Baguette unter dem Arm trägt, hatte ich dabei.

Nach der Geburt meines Sohnes hatte ich meine Haare ganz kurz schneiden lassen, was mir sehr gut stand. Meine Eltern und ich betraten den Saal. Die Menschen drehten sich um. Manche begrüßten meine Eltern und andere, die mich kannten, küssten mich und fragten, wie es mir geht. Nachdem wir fast alle begrüßt hatten, tanzte ich mit meinem Papa und sah über seine Schulter hinweg Mirel mit einer jungen Frau an seiner Seite. Sie war blond und dünn. Als sie sich umdrehte, erkannte ich sie wieder. Sie ging mit mir in die Grundschule, in dieselbe Klasse und hieß Claudia. Ich tanzte weiter mit meinem Vater, bis Mirel uns bemerkte.

Er kam eilig auf uns zu und sagte zu Vater:

"Darf ich ihre Tochter entführen?"

Vater zog sich mit einem Lächeln zurück und Mirel und ich standen uns für ein paar Augenblicke wie erstarrt gegenüber, bis er das Wort ergriff:

"Du siehst so wunderschön aus wie früher. Nein stimmt nicht, du bist noch schöner geworden."

"Danke, du siehst auch sehr gut aus."

Er machte einen Schritt nach vorne und flüsterte:

"Ich weiß nicht, ob ich dich umarmen oder lieber umbringen soll."

"Mir ist das erste lieber" und nachdem ich das sagte, umarmte er mich und drückte mich ganz fest an seine Brust. Nach einer Weile lockerte er seinen Griff und tanzte mit mir, ohne ein einziges Wort zu sagen. Immer wieder wühlte er in meinen Haaren und küsste mich auf den Kopf. Ich vergaß meine Umgebung und die Menschen um mich herum. In seinen Armen fühlte ich mich wie neu geboren. Um dieses Gefühl genießen zu können, schloss ich meine Augen und ließ mich von schönen Gedanken treiben. Es wurde mir immer wärmer und ich verspürte wieder diese Lust, dieses Verlangen nach ihm. Es rieselte durch meinen Körper und er fühlte es. Er flüsterte: "Du hast wieder dein

Herz in deiner Nähe und es schlägt nur für mich, ich spüre es, Pansela. Dein Herz gehört mir für immer."

Am liebsten hätte ich mich in diesem Moment mit ihm zurückgezogen, um Sex mit ihm zu haben und uns wie früher lieben zu können. Aber das war natürlich völlig unmöglich. Ich spürte die bösen Blicke von Tiberius nur zu deutlich in meinem Rücken. Plötzlich war mir schlagartig die Realität wieder bewußt. Ich versuchte mich aus Mirels Armen zu lösen und bat ihn:

"Wir wollen uns später weiter unterhalten."

"Gute Idee, sagte er leise, "ich glaube, dass wir von unseren Begleitern schon vermisst werden."

Ich lief zurück und versuchte zu Tiberius nett zu sein und wollte ihn küssen. Abrupt zog er seinen Kopf zurück und gab mir dadurch zu verstehen, dass er das nicht wollte. Ich sah die Wut und den Hass, den er auf mich hatte, in seinen Augen. In diesem Moment wurde mir klar, dass ich diesen Mann nicht liebte. Auch Antonio hatte ich nicht geliebt. Meine ganze Liebe gehörte immer noch Mirel und ich spürte schmerzhaft, welchen Fehler ich damals begangen hatte, und wie teuer ich das bezahlen musste. Mirel beobachtete mich den ganzen Abend. Er hielt sich grundsätzlich in meiner Nähe auf und ich fühlte mich dadurch wohl und geborgen. Von der folgenden Nacht konnte ich das nicht mehr behaupten. Tiberius bereitete mir die Hölle auf Erden. Er schrie mich immer wieder an und stritt mit mir die ganze Nacht hindurch. Die schlimmste Tatsache für ihn war, dass ich nochmal mit Mirel geredet hatte, bevor wir nach Hause gingen. Sofort als ich Manu und Jogi sah, lief ich zu ihnen und wir umarmten uns. Eine Weile unterhielten wir uns, dann stand plötzlich Mirel bei uns. Er dachte, dass es nicht so auffallen würde, wenn er sich zu seinen Freunden stellen würde. Mirel fragte mich regelrecht aus und versuchte zu verstehen, warum ich mich nicht mehr bei ihm gemeldet hatte. Er hielt Tiberius für meinen Freund. In kurzen Worten und etwas atemlos erzählte ich ihm, was in diesen drei vergangenen Jahren alles passiert war. Auch, dass ich Tiberius geheiratet und einen Sohn habe.

Mirel bettelte: "Pansela, komm wieder zurück zu mir. Ich habe auf dich gewartet. Ich bin nicht gebunden und jederzeit bereit für dich. Ich will dich lieben wie früher. Meine Liebe zu dir hat niemals aufgehört und wird es auch nie."

"Mirel, es ist zu spät. Ich will es, aber ich kann es nicht. Warte nicht mehr auf mich. Werde glücklich mit einer anderen Frau."

Ich sprach zwar diese Worte aus, aber sie waren nicht ehrlich gemeint. Ich hätte ihm sagen müssen, dass ich ihn vermisse, ihn liebe und dass er auf mich warten soll und dass ich lieber tot wäre, als mit ansehen zu müssen, dass er sich eine andere Frau sucht. Mein Stolz hielt mich jedoch davor zurück ihm ein Versprechen zu geben, das ich genauso wenig wie das letzte Mal halten würde. Außerdem wollte ich ihm nicht nochmal so schrecklich weh tun.

Mirel sagte: "Schau mir in die Augen und sag das bitte noch einmal. Willst du das wirklich? Ich soll dich vergessen und mir eine andere Frau nehmen?"

Ich sah ihm in die Augen und sprach alles noch einmal aus, ohne mit der Wimper zu zucken.

Er drückte mich an sich und sagte: "Ich weiß, dass du das nicht so meinst. Du bist eine gute Schauspielerin. Ich werde weiter auf dich warten."

Ich verabschiedete mich von ihm mit einem Kuss auf die Wange.

"Auf Wiedersehen," flüsterte ich.

"Bis bald, meine Liebe," sagte Mirel, küsste Manu und Jogi und ging wieder zurück zu seiner Begleiterin.

Tiberius hinterließ einen schlechten Eindruck bei meinen alten Freunden. Er war mürrisch, eifersüchtig und fing an, mir Vorwürfe zu machen:

"Wieso musst du fast den ganzen Abend mit diesen Jungs verbringen?"

"Diese Jungs sind meine besten Freunde. Du hast kein Recht, mir den Umgang mit ihnen zu verbieten."

Seit diesem Abend lief überhaupt nichts mehr zwischen uns. Er benahm sich wie ein Psychopath. Wir stritten nur noch und ab und zu fand er auch einen Grund, mich zu schlagen. Er versuchte mir das Musizieren zu verbieten und war der Meinung, dass mir mein Beruf nur dazu dienen würde ihn zu betrügen. Meine Ehe verwandelte sich in eine Katastrophe. Es war der reinste Horror. Ich versuchte mich durch meinen Sohn und mit meiner Arbeit abzulenken, aber jedes Mal, wenn ich zu Hause war, fand Tiberius einen Grund, mich zu schlagen. Nach einiger Zeit hatte ich den Eindruck, dass er das gerne tat und dachte daran, ihn zu verlassen. Der Versuch mit ihm darüber zu reden scheiterte kläglich. Die Reaktion auf meine ruhigen Worte war sehr heftig. Tiberius schüttelte mich wie einen Baum, der mit Früchten übervoll beladen war, und schlug mit Fäusten auf mich ein.

Dabei brüllte er: "Gib endlich zu, dass du fremd gehst!"

Er schlug mit der Faust auf meinen Bauch. Mein Versuch vor ihm weg zu laufen, ließ ihn noch wütender werden. Er quetschte meine Hand zwischen die Tür und hielt sie so fest, dass ich keine Möglichkeit hatte, mich zu befreien. Schläge landeten auf meinem Kopf und auf meinem Bauch. Meine Hand blutete, schmerzte höllisch und war immer noch in der Türe eingeklemmt.

Ich bat ihn aufzuhören und sagte:

"Ich habe keinen anderen Mann."

"Ich bringe dich um, wenn du mich verlässt."

"Ich werde dich nicht verlassen," versprach ich ihm, nur damit er aufhört.

Endlich ließ er mich los und fing an zu weinen:

"Verzeih mir, ich verspreche dir, ich mache das nie wieder."

Wahrscheinlich hatte er befürchtet, dass ich zur Polizei gehen könnte. Er versorgte meine Hand, gab mir etwas zur Beruhigung, legte mich ins Bett und schaute nach Rafaelo, der angefangen hatte zu weinen. Der Krach hatte ihn erschreckt.

Ich war fast eingeschlafen, als er ins Schlafzimmer kam und sagte:

"Jetzt wird gebumst. Ich zeige dir was es bedeutet, einen Mann zu haben."

Er drückte meinen Kopf ins Kissen, schlug mein Nachthemd hoch und warf seinen Körper auf mich. Seinen Penis rammte er wie ein Tier in mich hinein und bewegte sich stoßend und brutal. Während er meine Brüste küsste, biss er mich in die Brustwarzen. Ich hätte ihn am liebsten umgebracht. Ich entwickelte großen Hass und tausend böse Gedanken gegen ihn gingen mir durch den Kopf. Die Vergewaltigung war schnell beendet. Danach drehte er sich einfach um und schlief ein, ohne noch ein einziges Wort zu sagen. Ich rannte nur noch in das Badezimmer und sprang unter die Dusche, um mir mit einem Naturschwamm und einer Seife den ganzen Ekel vom Körper zu waschen.

In meinem Leben entwickelte sich alles zum Drama. Meine Ehe bestand nur noch auf dem Papier und der Sex bestand aus erzwungenen

Vergewaltigungen. Mein Hass auf ihn wurde immer größer und ich wünschte mir regelrecht, dass ihm etwas passiert.

Ich saß in einer Cafeteria in Rom und trank einen Milchkaffee. Rafaelo spielte in seinem Kinderwagen mit einer Holzfigur, die verschiedene Geräusche machen konnte. Als ich ganz vertieft in meine Gedanken war, nahm mir plötzlich ein Schatten die Sonne weg. Vor mir stand ein Mann von ungefähr vierzig Jahren, gut gebaut, sehr geschmackvoll angezogen und mit graumelierten lockigen Haaren. Er beugte sich über meinen Tisch und sagte: "Ihre Probleme sind lösbar. Wenn sie mich brauchen, rufen sie mich an. Ich würde mich freuen, ihnen zu helfen."

Er drückte mir seine Visitenkarte in die Hand und verschwand zwischen der Menschenmenge in der Fußgängerzone. Auf der Karte stand nur "Pepino" und eine Telefonnummer in einer edlen, silbernen Schrift. Eine Verbindung zu ihm konnte ich auch nach mehreren Überlegungen nicht herstellen. "Wer könnte dieser Mann sein und woher weiß er, dass ich Probleme habe? Womöglich hat ihn Tiberius engagiert, um mich beobachten zu lassen. Sicherlich ist das eine Falle und er will mir Angst einjagen." In meinem Kopf schwirrte alles durcheinander und mir wurde richtig schwindelig. Zu Hause saß ich dann im Wohnzimmer mit der Karte in der Hand und überlegte, ob ich sie wegschmeißen oder lieber behalten sollte. "Niemand außer mir und Tiberius wussten, was bei uns los war. Wieso weiß es dieser Mann?" Ich musste seine Identität herausfinden. Wer ist dieser Mann? Einen Plan, wie ich das anstellen könnte, hatte ich auch schon. Im Verlauf meiner Karriere hatte ich auch einige Personen aus den Mafia-Familien kennen gelernt. Insbesondere Aurelius, der Sohn von Don Castilo, einer der bedeutendsten Mafia-Mitglieder in Rom, mochte mich gerne und besuchte jeden meiner Auftritte. Hinterher beschenkte er mich mit Blumen. Ab und zu tranken wir auch Champagner und unterhielten uns lange. Einige Male hatte er mir schon Geld oder Hilfe angeboten. Wenn irgend etwas sei, sollte ich es ihn nur wissen lassen. Ich schaute in meinen Terminkalender, in dem ich die Telefonnummer von Aurelius eingetragen hatte. Während ich den Telefonhörer zur Hand nahm, überlegte ich noch einmal, ob ich ihn anrufen und was ich ihm eigentlich sagen wollte. Nachdem ich die

Nummer wählte, hörte ich es mehrmals klingeln. Als ich bereits auflegen wollte, hörte ich die Stimme am anderen Ende sagen: "Hallo?"

"Hallo Aurelius, ich bin's, Pansela."

"Das ist ja eine tolle Überraschung! Wie komme ich zu der Ehre, dass so eine wunderschöne Frau mich anruft?"

"Ich möchte dich sehen, ist das möglich?"

"Natürlich, wann und wo?"

"Morgen zum Mittagessen im Scenario."

"Sehr gut, ich bin Punkt zwölf da und freue mich, dich zu sehen."

"Bis morgen, Aurelius." Ich legte den Hörer auf.

Das Scenario war ein richtiges Szenelokal, in dem sich nur Künstler und Musiker trafen. Deshalb war ich gerne und oft dort. Der Vorteil war auch, dass ich keine Angst haben musste, dort einem von Tiberius Freunden oder seiner Familie über den Weg laufen zu müssen. An diesem Ort konnte ich mich völlig unerkannt aufhalten. Am nächsten Morgen ging ich schon um zehn Uhr aus dem Haus, schlenderte an der Oper vorbei und nahm die Unterlagen für mein nächstes Konzert in Singapur mit. Um halb zwölf traf ich im Scenario ein und wartete ungeduldig auf Aurelius. Fünf vor zwölf erschien Aurelius mit einem seiner Leibwächter. Er küsste mich auf beide Wangen, begrüßte mich mit den Worten: "Schön, dich zu sehen" und setzte sich an meinen Tisch.

Sein Bodyguard suchte sich an der Bar einen Platz, von dem aus er uns ständig im Auge behalten konnte. Beim Kellner bestellten wir etwas zum Essen. Aurelius orderte Martini als Aperitif und einen Champagner als Digestif. Er vermutete, dass mein Anruf nur ein Hilfeschrei sein konnte und dass ich mich nicht zum Vergnügen an ihn gewandt hatte.

"Was kann ich für dich tun, Pansela? Was bedrückt dich?"

In groben Zügen erzählte ich ihm, wie mein Leben zur Zeit aussah. Ich erwähnte den mysteriösen Mann, der mir seine Hilfe angeboten hatte und zeigte ihm dessen Visitenkarte. Er nahm sie, schaute sie an und sagte:

"Pepino, ich weiß, wer das ist."

"Welche Verbindungen existieren zwischen Pepino und Tiberius? Ich muss das wissen."

"Keine Sorge, ich werde das schon herausfinden."

“Muss ich Angst haben? Sag mir bitte, wer dieser Pepino ist.”

“Er gehört zu einer der größten Mafia-Familien Italiens. Immerhin hat er dir seine Hilfe angeboten und wir müssen den Grund dafür herausfinden. Was hätte er davon, wenn er dir hilft? Da muss noch etwas ganz anderes dahinterstecken. Kein Problem mein Mädchen, dabei kann mir mein Vater helfen. Er hat eine gute, rein freundschaftliche Beziehung zu diesem Pepino und ich denke, dass er zu dieser Sache bestimmt Näheres sagen kann.”

Es war kurz vor 14 Uhr, als wir uns schließlich trennten. Wir verabredeten, dass er mich anruft, sobald er etwas herausgefunden hat. Beim Spaziergang durch die Stadt hatte ich das komische Gefühl verfolgt und beobachtet zu werden. Entweder beruhte dies lediglich auf meiner Angst, oder es war tatsächlich einer hinter mir her. Einige Male drehte ich mich um, konnte bei den vielen Menschen aber nichts außergewöhnliches, von der Norm abweichendes feststellen.

“Wieso eigentlich Mafia? Was habe ich mit denen zu schaffen oder besser gesagt, die mit mir?”

Die Tage vergingen schleppend langsam. Tiberius blieb zwei Nächte von zu Hause fern. Ich fragte ihn auch nicht darüber aus, wo er sich aufgehalten hatte. Eigentlich war es mir gerade recht und ich war froh, dass ich Ruhe vor ihm hatte. Am Samstag teilte er mir mit, dass er für ein paar Tage zu einem Weiterbildungsseminar nach Neapel fahren müsste. Darüber nicht unglücklich packte ich seinen Koffer und freute mich, wieder alleine sein zu können. Während Tiberius sich in Neapel aufhielt, wollte ich mit Rafaelo und Concetta, unserer Haushälterin aufs Land fahren.

Er hatte nichts dagegen und meinte nur:

“Ja, kein Problem, gehe nur, wenn du willst. Vielleicht bringt dich dort die Einsamkeit und Ruhe zur Vernunft.”

“Mich zur Vernunft bringen? Was habe ich denn getan?” fragte ich wütend.

“Vielleicht musst du zur Vernunft gebracht werden. Hast du denn überhaupt schon einmal darüber nachgedacht, wer von uns beiden zur Vernunft kommen sollte?”

Er grinste arrogant und meinte, er wäre sehr vernünftig. Er gab mir einen Kuss auf den Mund und ging. Ich hörte noch, wie sich das Garagentor schloss, als sich das Motorengeräusch langsam entfernte. In diesem Augenblick klingelte mein Handy und ich zuckte zusammen.

"Hallo, Pansela," sagte Aurelius. "Können wir uns am Sonntag treffen?"

"Ja klar und wo?"

"Ich weiß noch nicht, wann ich in Rom ankommen werde, aber sobald ich da bin, rufe ich dich wieder an."

"Wo bist du denn jetzt?"

"Am Lago di Garda."

"Ah, ich wollte heute Abend zu unserem Haus in Desenzano fahren."

"Perfekt, das liegt genau auf meinem Weg. Wenn du dort bist, melde dich auf meinem Handy. Wir können uns irgendwo treffen, wenn das bei dir geht."

 "Kein Problem, ich bin allein, er ist weg. Hast du gute Nachrichten für mich?"

"Spannende," sagte er und "also bis später."

Ich packte schnell meine Sachen zusammen und rief nach Concetta. Sie kümmerte sich um Rafaelo und innerhalb einer Stunde befanden wir uns schon auf der Autobahn in Richtung Mailand. Die Strecke zog sich 200 Kilometer hin, aber mit dem S-Klasse-Mercedes war es wenigstens angenehm. Wir kamen am frühen Abend in Desenzano an. Sofort meldete ich mich telefonisch bei Aurelius, und erklärte ihm, dass ich ihn um 21 Uhr direkt in Garda abholen würde. Ich duschte, zog ein schönes buntes Kleid von Cavalli an, dazu fliederfarbene Sandalen und nahm eine passende Tasche von Fornarina mit. Als Make-up trug ich nur etwas Wimperntusche und einen fliederfarbenen Lippenstift auf. Die Sonnenbrille steckte ich mir auf den Kopf, was in Italien zu jeder Tageszeit ein Muss war. Da ich vor hatte etwas alkoholisches zu trinken, beschloss ich mit dem Taxi zu fahren. Bereits zehn Minuten vor 21 Uhr traf ich in der Trattoria ein, die mir Aurelius genannt hatte. Er war schon da.

"Du bist immer pünktlich, das schätze ich so an dir. Von den meisten Frauen kann man keine Pünktlichkeit erwarten."

"Ich bin auch keine, wie die meisten," sagte ich lächelnd.

"Ja das stimmt, du bist wie ein Engel auf Erden und wenn du mit deiner Flöte spielst weinen sogar die Steine."

"Bitte, übertreibe es nicht, so viel Lob bin ich gar nicht gewohnt."

“Natürlich nicht, dein Ehemann hat ja wichtigeres zu tun, als dich zu loben und seine Augen aufzumachen, um zu sehen, was für ein Glück er hat.”

“Ich möchte nicht über ihn sprechen,” sagte ich nur.

“Leider müssen wir, Pansela. Er ist heute Abend unsere Hauptperson. Es wird sich alles um ihn drehen.”

“Ich bin ganz Ohr.”

“Erst mal Hallo,” sagte er und küsste meine Hand und meine Wangen.

“Wir wollen erst einmal etwas vernünftiges essen. Ich habe großen Hunger und wie sieht es mit dir aus?”

“Ja, ich könnte auch etwas vertragen.”

“Auf was hättest du denn Lust?”

“Ich esse immer Fisch, wenn ich in Garda bin,” schwärmte ich.

“Gute Idee, ich mag auch gerne Fisch.”

Wir bestellten Antipasti mit Frutti di Mare als Vorspeise und als Hauptgang eine gegrillte Fischplatte für zwei Personen. Dazu gab es eine Flasche Weißwein. Als Appetitanreger gab es natürlich vor dem Essen den Klassiker Martini Bianco. Ungeduldig wie ich war, bat ich Aurelius, mir alles zu erzählen, was er herausgefunden hatte. Es war, wie vermutet kein Zufall, dass Pepino mir seine Hilfe angeboten hatte.

“Er will Rache an Tiberius nehmen. Tiberius Vater, der ein ausgezeichneter Chirurg ist, hat unsaubere Geschäfte mit Pepino gemacht. Irgend etwas muss dabei schief gelaufen sein. Jetzt sind die beiden total zerstritten. Natürlich war auch Tiberius in das Geschäft verwickelt. Tiberius hatte auch eine Affäre mit der Frau von Pepino. Sie wurden seit mehreren Monaten beobachtet. Dadurch wusste Pepino auch, was bei euch los ist. Es existieren auch Beweisfotos über Tiberius Prügeleien an dir. Deswegen wollte Pepino auch dir und deinem Sohn helfen, von deinem Mann los zu kommen. Tiberius und seine Familie sollen so schnell wie möglich ihre Strafe bekommen.”

“Mein Gott, die werden ihn doch nicht umbringen, oder doch? Das ist doch so üblich in euren Kreisen, nicht wahr?”

“Nicht immer. Aber wenn es um viel Geld geht und die Ehre der Familie auf dem Spiel steht, kann das schon passieren. Würde es dir denn etwas ausmachen? Liebst du ihn?

"Natürlich nicht. Ich meine, nein ich liebe ihn nicht, aber ich will nicht in einen Mordfall hineingezogen werden. Ehrlich gesagt, hasse ich ihn und ich bin der Meinung, dass er eine gerechte Strafe verdient hat."

"Du musst dir keine Sorgen machen, denn Don Pepino möchte dir wirklich helfen, und er wird dich beschützen. Außerdem bin ich ja auch noch da."

"Gut, aber ich will keine Details wissen und auch nichts damit zu tun haben. Doch, eines interessiert mich schon noch, über welchen Zeitraum hatte Tiberius die Affäre mit Don Pepinos Frau?"

"Seit ungefähr einem halben Jahr und sie läuft immer noch."

"Tatsächlich? Dann könnte das auch der Grund dafür sein, warum er mich so schlecht behandelt. Vielleicht will er sogar erreichen, dass ich ihn verlasse. Könnte doch möglich sein?"

Wir redeten nicht mehr darüber, aßen unsere leckeren Gerichte und versuchten, trotz allem etwas Spass zu haben. Da Aurelius ausgezeichnet Tanzen konnte, gingen wir in eine Pianobar, und tanzten stundenlang. Gegen zwei Uhr morgens fuhr er mich dann nach Hause und wir verabschiedeten uns mit einer freundschaftlichen Umarmung.

"Mache dir keine Sorgen, ich bin immer für dich da," versprach er mir.

"Aber eine Frage hätte ich doch noch. Wo genau wollte Tiberius hin?

Ich schaute ihn skeptisch an und sagte leise:

"Nach Neapel zu einem Seminar."

"Gute Nacht, Pansela."

"Ciao, Aurelius."

Ich lief durch den Garten und grübelte vor mich hin:

"Was passiert jetzt? Was haben die mit Tiberius vor und wie wird mein Leben in Zukunft aussehen? Soll ich weg laufen oder bleiben und alles auf mich zukommen lassen? Dieses Schwein, er musste mich auch noch betrügen, ausgerechnet mit der Frau eines Mafia-Bosses. Bei den Geschäften, die Aurelius erwähnt hatte, handelt es sich bestimmt um Drogen- oder Organhandel. Natürlich, von wo sollte das ganze Vermögen her kommen. Der Vater von Tiberius hatte einige Häuser und viele Millionen auf mehreren Banken liegen. Das hatte ich während eines Streits zwischen Tiberius und seinem Halbbruder aufgeschnappt. Die Mutter von Tiberius starb sehr jung.

Tiberius war damals erst sieben Jahre alt. Sein Vater heiratete erneut und bekam noch einen Sohn. Als er sich von seiner zweiten Frau scheiden ließ, stellte dieser Sohn Ansprüche auf sein Vermögen. Aber so wie ich das mitbekommen hatte, zahlte der alte Herr nur einen monatlichen Betrag von 3000 Dollar an die Mutter des zweiten Sohnes.

Den Sonntag verbrachte ich mit Rafaelo. Wir fuhren mit dem Boot auf dem Gardasee und lagen gemütlich in der Sonne. Gegen Nachmittag besuchten wir einen Vergnügungspark hinter Sirmione am Gardasee. Wir ließen es uns gut gehen und fuhren mit sämtlichen Achterbahnen und Fahrgeschäften, die es dort gab. Eis und Pizza gehörten natürlich auch dazu. Wir hatten so viel Spass wie schon lange nicht mehr. Montags ging es wieder zurück nach Rom. An diesem Wochenende hatte sich Tiberius nicht gemeldet. Er rief erst am Montag Abend an und fragte mich, wie mein Wochenende war. Ich erzählte ihm, dass ich mit Rafaelo am Gardasee gewesen war. Er wollte wissen, was ich abends gemacht hatte, als Rafaelo schlief.
"Ich war in Garda," antwortete ich ihm.
"Alleine?"
"Ja," log ich.
"Natürlich," sagte er.
"Und was hast du das ganze Wochenende über gemacht? wollte ich von ihm wissen.
"Ioh habe gelernt und schwer gearbeitet, dass meine Frau sich leisten kann, ein schönes Leben zu führen," sagte er mit einem harten Ton In seiner Ctimme.
"Machst du mir gerade Vorwürfe? Vergiss nicht, dass deine Frau auch Geld verdient," erwiderte ich und gab ihm zu bedenken, dass es nicht gut sei, am Telefon über solche Dinge zu sprechen.
"Ja, du hast recht, also bis später." Er legte auf.
Dieses Telefongespräch hatte mich so in Rage gebracht, dass ich eine ganze Flasche Wein alleine austrank. Ich befand mich oben im Dachgeschoss, im Hobbyraum von Tiberius. Die Einrichtung des Hobbyraums bestand aus einem Billardtisch, einem edlen Sofa und einem runden Holztisch mit sechs dazu gehörenden Stühlen für Kartenspiele. Beim Blick aus dem Dachfenster über die

Stadt war ich so betrunken, dass ich überhaupt keine Sorgen mehr hatte. Ich hörte ihn nicht, als er rein kam. Ich fühlte ihn nur hinter mir. Er umarmte mich von hinten und küsste mich auf den Hals. Mein T-Shirt zog er mir aus und küsste mich auf den Rücken. Er war sehr erregt. Er ließ nur seine Hose herunter, nahm seinen Penis und als er meinen Rock hochgerollt und meinen Schlüpfer zerrissen hatte, stieß er seinen Schwanz mit einem Ruck in meine Vagina und bumste mich. Es war ekelhaft. Ich hätte nur noch schreien können, aber ich riss mich zusammen und hoffte nur noch, dass es ihm schnell kommt und er endlich aufhört. Ich weinte still, ohne dass er es bemerkte und wischte meine Tränen ab. Ungefähr fünf Minuten später war er befriedigt und lief mit seiner um die Beine baumelnden Hose, ohne ein Wort zu sagen ins Badezimmer. Ich ging in unser zweites Badezimmer, nahm eine Dusche und versuchte mit Wasser den Ekel von meinem Körper zu entfernen. Als ich schließlich wieder aus dem Badezimmer kam, war Tiberius bereits wieder weg. Auf dem Wohnzimmertisch hatte er mir einen Zettel mit der Botschaft hinterlassen:

"Ich brauche ein bisschen Zeit für mich und fahre nach Garda. Ich melde mich, wenn ich einen freien Kopf habe. Mache dir keine Sorgen, es geht nicht um dich. Ich liebe dich über alles. Tiberius."

Ich war glücklich über diese Nachricht und nahm mir vor, die Zeit bis zum Abflug nach Singapur zu genießen. Tagsüber unternahm ich sehr viel mit Rafaelo und am Wochenende telefonierte ich mit meinen Eltern. Dabei erfuhr ich, dass Mirel bald Hochzeit feiern wird. Darüber war ich unwahrscheinlich traurig und dachte nur an ihn. "Er hat also meinen Rat befolgt, obwohl ich es nicht wirklich so gemeint hatte. Er hat es satt, auf mich zu warten und er hat auch recht damit. Immerhin war ich diejenige, die ihn verlassen, einen anderen geheiratet und ihm damit sehr weh getan hatte."

Ich saß bereits im Flugzeug, als ich eine SMS auf meinem Handy erhielt:

"Bitte fliege nicht nach Singapur. Verzichte auf deine blöde Karriere. Ich komme jetzt mit neuen Plänen für unsere Zukunft nach Hause."

Die Nachricht war von meinem Ehemann, der mein Leben in seine Hände nehmen wollte. Er versuchte mit allen Mitteln, mich von sich abhängig zu machen. Deshalb schrieb ich ihm sofort zurück:

"Es ist zu spät, wir starten jetzt, aber ich denke darüber nach und rufe dich an, sobald ich aussteige."

Als ich auf dem Flughafen in Singapur am Gepäckband auf meine Koffer wartete, klingelte mein Handy schon wieder.

Es war Tiberius. "Hallo mein Schatz," sagte er mit einer milden Stimme, die ich bei ihm gar nicht mehr gewohnt war. "Ich hoffe, es geht dir gut."

"Ja," sagte ich. "Ich hatte einen guten Flug und habe ihn wunderbar verschlafen."

"Bitte, denke darüber nach, du wirst es nicht bereuen. Das verspreche ich dir hoch und heilig. Du und Rafaelo, Ihr seid alles, was ich habe und ich will euch nicht verlieren. Verzeih mir bitte alles, was ich dir angetan habe. Es wird nie wieder vorkommen."

"Gut, ich werde mich in dieser Woche noch entscheiden."

"Machs gut" und "ich liebe dich, vergiss das bitte nicht," sagte er und legte auf.

Die Woche war wunderbar. Ich hatte viel Erfolg und fühlte mich sehr gut dabei.

"Ich denke gar nicht daran, auf meinen tollen Job zu verzichten. Jetzt bin ich so nah an meinem Traum angelangt und spüre, dass ich den Menschen mit meiner Musik etwas geben kann. Nur noch ein paar Konzerte und ich werde auf der ganzen Welt bekannt und berühmt sein."

Es war am Freitag Abend, als mein Telefon im Hotelzimmer läutete. Ich nahm den Hörer ab und sage:

"Hallo?" Der Mann von der Rezeption teilte mir mit, dass er einen Anruf für mich aus Italien hätte und ob ich das Gespräch annehmen wollte.

Klar nahm ich das Gespräch an, neugierig wie ich war.

Ich meldete mich mit: "Pronto" und am anderen Ende hörte ich die Stimme von Concetta:

"Signora, hier ist jemand, der nur mit ihnen sprechen möchte."

"Ist in Ordnung Concetta, dann gib mir diese Person."

"Pronto, Signora Kapeloni."

"Ja bitte."

"Ich bitte um Entschuldigung, dass ich sie störe, aber es ist sehr wichtig. Ich bin Komissar Verde und muss Ihnen leider etwas unerfreuliches mitteilen.

"Was ist passiert? Sagen sie schon, geht es um meinen Mann oder mein Kind?"

"Ihr Kind ist mit Ihrer Haushälterin bei mir. Es geht ihm gut, aber Ihr Mann hatte einen Autounfall. Der alte Signor Kapeloni liegt im Krankenhaus und schwebt in Lebensgefahr. Ihr Mann ist leider an der Unfallstelle verstorben."

Ich war völlig still und konnte nichts mehr sagen. Der einzige Gedanke der in meinem Kopf seine Runden drehte, war:

"Mafia", die haben es getan.

"Signora, sind sie noch da?"

"Ja, ich bin da. Ich versuche so schnell wie möglich einen Flug zu bekommen."

Meine Sachen packte ich wild durcheinander in meinen Koffer. Nebenher rief ich beim Check-In auf dem Flughafen an und reservierte einen Flug für die nächste Maschine nach Italien. Es wurde stressig, weil die nächste Maschine schon zwei Stunden später startete. Ich meldete mich bei meiner Dirigentin und Chefin und erzählte ihr alles. Sie hatte Verständnis und sprach mir Mut und Stärke zu. Im Flugzeug gingen mir alle Ereignisse durch den Kopf. Trauer verspürte ich keine und auch keinen Schmerz. Zum Weinen war mir auch nicht und ich verlor keine einzige Träne. Es war eher ein Gefühl der Erleichterung was sich in mir breit machte. Nachts landete ich in Rom, nahm mir ein Taxi und fuhr direkt ins Krankenhaus. An der Information meldete ich mich an und wurde kurz vertröstet. Dann erschien ein Arzt, der mich bat, ihn zu begleiten. Wir gingen in die Leichenhalle. Es war eisig kalt, steril und roch streng nach Chlor. Er zog eine große Schublade aus einem Metallschrank und nahm das weiße Tuch weg. Dort lag Tiberius und sah grausam entstellt aus. Sein Gesicht war von Blutergüssen und offenen Wunden übersäht. Sein Kopf hatte ein tiefes Loch, sein Körper war zerschunden und mit Blut verschmiert. Der Arzt teilte mir mit, dass seine Hände und Beine gebrochen waren, und dass er durch die schwere Kopfverletzung sofort gestorben wäre. Ich stand da und schaute ihn nur an. Dann ergriff ich seine Hand und hielt sie in meinen Händen fest. Sie war eiskalt. Ich dachte: "Du hast es dir mit deiner eigenen Hand zugefügt.

Wieso musstest du fremd gehen und mich schlagen? Ich habe mir unser Leben anders vorgestellt und jetzt liegst du da, völlig verunstaltet und ohne Ehre."

Der Arzt sagte:

"Es tut mir sehr leid für sie, so ein Ende hat kein Mensch verdient."

"Ja, das stimmt, keiner hat so einen Tod verdient."

Ich beugte mich über ihn und küsste ihn auf die Lippen.

"Ich habe es dir nicht gewünscht," sagte ich und "auf meine Art und Weise habe ich dich sogar geliebt, aber vor allem respektiert. Es tut mir leid."

Ich fragte den Arzt, wo der alte Herr Kapeloni liegt.

"Es geht ihm sehr schlecht," sagte er voller Mitgefühl, aber sie dürfen in kurz besuchen."

In seinem Zimmer setzte ich mich auf den Rand seines Bettes, nahm seine Hand und küsste ihn auf die Stirn. Der alte Mann war immer gut zu mir gewesen. Er öffnete ein wenig seine Augen. Sein Mund verzog sich leicht und er versuchte zu lächeln. Ich sah ihm an, dass er starke Schmerzen hatte.

Ich fragte ihn: "Kann ich irgend etwas für dich tun?"

Er schüttelte den Kopf und schloss wieder seine Augen.

"Es tut mir so leid." Ich will nicht, dass du gehst, du nicht Papa. Du hast das nicht verdient. Bitte bleib bei mir und bei Rafaelo."

Dann kamen auch meine ersten Tränen und ich legte meinen Kopf in seine Hand. Er streichelte mich sanft. Ich fragte den Arzt:

"Wieso redet er nicht?"

"Seine Stimmbänder sind gerissen und seine inneren Verletzungen sind sehr schwer. Wenn wir ihn operieren, kann es sein, dass er sofort stirbt. Wir wollen hoffen, dass sich sein Zustand soweit verbessert, dass wir eine Operation riskieren können."

Der Kommissar erwartete mich vor der Tür und wollte mich sprechen.

"Es war ein Unfall. Ihr Mann hatte Alkohol getrunken. Es war seine Schuld. Warum er mit seinem Wagen von der Straße ab kam und in die Schlucht stürzte, kann man jetzt nicht mehr rekonstruieren."

Nach diesem traurigen und für mich sehr anstrengenden Tag kam ich gegen Mitternacht zu Hause an und begab mich direkt in das Zimmer meines Sohnes Rafaelo. Ich küsste ihn vorsichtig und er lächelte im Schlaf. Nach vielen

Vorbereitungen konnte die Beerdigung stattfinden. Auf dem Friedhof waren viele Menschen erschienen, die ich nicht kannte und jeder versuchte, mich zu ermutigen. Es wurden mir gegenüber viele freundliche Worte gesagt und ich blieb noch lange am Grab stehen. Alle Trauergäste waren bereits gegangen. Ich starrte auf sein frisch bedecktes Grab und versuchte, mich nur an die schönen Zeiten zu erinnern, die wir am Anfang unserer Ehe hatten. Hinter mir hörte ich Schritte und ich drehte mich um. Es war Aurelius. Er stand da mit einem Strauß weißer Rosen.

"Hallo Pansela," sagte er und küsste meine Hand.

"Hallo Aurelius, du hier?

"Ja, ich wollte von den Menschen hier nicht gesehen werden. Aber ich konnte auch den Gedanken nicht ertragen, dich ganz alleine zu lassen. Vielleicht brauchst du Jemanden, der eine starke Schulter hat, an die du dich anlehnen und dich ausweinen kannst."

"Anlehnen würde ich mich gerne, aber weinen kann ich nicht mehr. Findest du es abnorm, dass ich nicht einmal Tränen für ihn habe?"

"Nein nein, das ist normal. Es ist bestimmt der Schock oder sein schlimmes Benehmen dir gegenüber in der letzten Zeit."

Er legte die Blumen auf das Grab und meinte:

"Es wird bald dunkel, meinst du nicht, es wäre an der Zeit zu gehen?"

"Doch, ich brauche jetzt einen Drink."

"Dann weiß ich, wo du einen guten bekommen kannst."

Wir liefen über den Friedhof, langsam und still. An der Straße stand die Limousine von Aurelius mit seinem Fahrer. Der Fahrer stieg schnell aus, öffnete die Türe und ließ uns einsteigen. Aurelius sagte etwas auf Englisch zu ihm, dann fuhren wir los. Er führte mich in eine gemütliche Pianobar und wir tranken einen ausgezeichneten Cognac. Der Pianist spielte sehr leidenschaftlich schöne und traurige Lieder. Nach vielen Stunden fuhr mich Aurelius nach Hause und versprach, mich morgen anzurufen.

Die Sonne strahlte ins Schlafzimmer, als ich aufwachte. Ich wollte weiterschlafen, aber ich konnte es nicht. Als ich mich im Bad frisch gemacht hatte, lief ich in die Küche und bat Concetta, mir einen Kaffee zu kochen. Ich fragte sie, um wieviel Uhr Rafaelo vom Kindergarten abgeholt werden müsse.

Sie sagte: "um 12 Uhr 30." "O.k., ich hole ihn heute ab und gehe mit ihm zu Opa Kapeloni ins Krankenhaus."

Rafaelo freute sich riesig, als er mich vor dem Zaun stehen sah. Er lief aufgeregt zu mir und rief: "Mama! Mama!". Er umarmte mich und drückte seinen kleinen Körper ganz fest an mich. "Mama," sagte er: "Ich habe dich ganz toll lieb und ich werde dich niemals verlassen!" Er küsste mich auf die Augen, auf den Mund und Tränen liefen über sein Kindergesicht.

"Mama hat dich auch ganz schrecklich lieb, Rafaelo."

Er schaute mich an und sagte: "Mama, nicht traurig sein, ich bin ja bei dir und werde dich nie enttäuschen."

Ich dachte: "Ich drehe gleich durch. Ein Kind mit fünf Jahren spricht zu mir, wie ein Erwachsener!" Es schoss mir der Gedanke durch den Kopf: "Was um Himmels Willen hat Rafaelo alles mitbekommen im letzten Jahr? Ob er aus diesem Grunde so mit mir spricht?"

"Wir wollen Opa im Krankenhaus besuchen," sagte ich und Rafaelo freute sich darüber. Während der Fahrt fragte er mich, wie es ihm geht und wieso das alles passiert ist. Ich erzählte ihm alles, aber auf eine weniger dramatische Weise, als es sich tatsächlich zugetragen hatte. Rafaelo sagte, dass er nicht möchte, dass Opa sterben muss.

"Ich will es auch nicht mein Schatz," betonte ich.

Der alte Herr war wach und sah den Umständen entsprechend ganz rüstig aus. Er winkte uns zu und lächelte. Rafaelo sprang zu seinem Bett, legte sich darauf und umarmte ihn. Er redete wie ein Wasserfall und wollte Opa alles erzählen, was er in der Zeit, in der er ihn nicht sehen konnte, erlebt hatte. Nach einer Stunde bemerkte ich, dass der alte Herr sehr müde wurde. Ich küsste ihn auf die Wangen. Er nahm meine Hand und schloss seine Augen in so einer Art und Weise, als ob er mir sagen wollte: "Alles ist in Ordnung".

Ich besuchte ihn jeden Tag und traf mich danach mit Aurelius. Ab und zu gingen wir Essen. Nach drei Wochen sagte der Arzt zu mir:

"Ich denke, ihr Schwiegervater ist jetzt stabil genug, dass wir es wagen können, ihn zu operieren." Vor der OP war ich noch kurz bei ihm. Er öffnete meine Hand, drückte ein Päckchen hinein, schloss sie wieder mit seinen Händen und gab mir einen Kuss darauf. Ich küsste ihn auf die Wangen und bettelte:

"Bitte, verlasse uns nicht. Du hast nichts Böses getan und du sollst nicht für die Taten Anderer büßen müssen." Er schaute mich an, nickte mit dem Kopf als Zeichen für "doch!" Sein Gesichtsausdruck änderte sich von einer Minute auf die andere. Die Farbe wich aus seinem Gesicht. Er wurde aschfahl, seine Augen sahen schwarz und traurig aus. Ich verstand, was er mir mitteilen wollte und sagte:

"Gott sei mit dir. Ich bete für dich." Nach einer Operation, die sechs Stunden dauerte, kam der Arzt mit den Worten zu mir:

"Es tut mir leid, er hat es nicht geschafft. Seine inneren Verletzungen waren doch so schwer, dass wir die Blutungen nicht stoppen konnten. Er starb an einem Herzstillstand."

Ich weinte. Niemand außer mir war da, keiner von seiner Verwandtschaft und ich musste wieder einmal alles für die Beerdigung organisieren. Er wurde bei seiner Frau und neben seinem Sohn beerdigt, genauso wie er es sich gewünscht hatte.

Es war vorbei und ich kam etwas zur Ruhe. Als ich Freitags in die Sauna wollte, klingelte das Telefon. Es war der Rechtsanwalt von Opa Kapeloni. Er musste mit mir sprechen. Ich bat ihn, zu mir zu kommen.

"Gut, ich bin in der Nähe und in zehn Minuten bin ich bei ihnen."

In der Zwischenzeit bereitete ich einen Kaffee vor und wartete ungeduldig. "Was er wohl von mir will," überlegte ich und kam zu dem Schluss, dass es sich eigentlich nur um ein Testament von Tiberius handeln könnte. In diesem Moment klingelte es an der Tür. Ich öffnete, und ein sehr gut aussehender, bärtiger Mann, um die 40 Jahre alt, bekleidet mit einem dunkelblauen Anzug, einem hellblauen Hemd und einer farblich gut dazu abgestimmten Krawatte stand vor mir. In der linken Hand trug er einen Aktenkoffer.

Er reichte mir die Hand und stellte sich vor: "Mein Name ist Fabrizio Melo."

"Kommen Sie herein, Herr Melo," sagte ich ganz cool und selbstbewußt, obwohl seine Erscheinung mich etwas verwirrte. Ich bot im Kaffee an und bat ihn, Platz zu nehmen. Er setzte sich mir gegenüber und öffnete seinen Koffer. Dabei sagte er: "Ich muss ihnen gratulieren, Frau Kapeloni, sie sind ab heute eine sehr reiche Frau."

Ich schaute ihn verblüfft an: "So reich war mein Mann doch gar nicht, oder?"

"Nein, ihr Mann alleine nicht, aber ihr Schwiegervater war sehr reich und zum Glück hat er sie sehr gemocht. Sie erben sein gesamtes Vermögen, bis auf die Schuhfabrik, die er seinem anderen Sohn hinterlassen hat. Wenn sein Sohn es nicht schafft, diese Fabrik weiter zu führen und sie verkauft werden müsste, dann steht ihnen auch davon die Hälfte des Erlöses zu."

Ich schaute ihn entgeistert an, konnte nichts sagen und hatte auch keinen blassen Schimmer, um wieviel Geld es sich handelte.

"Wollen sie wissen, wie reich sie sind?"

"Ja schon," meine Stimme war so leise, dass ich sie selbst kaum hörte.

"Gut," sagte er. "Fangen wir bei den materiellen Dingen an. Es handelt sich um insgesamt vier Häuser, zwei Stadtwohnungen, fünf Autos und Pferden im Gesamtwert von ungefähr 15 Millionen Dollar. Dazu kommen noch Wertsachen, wie Bilder, Schmuck und Aktien zum Schätzwert von fünf Millionen Dollar.

"Wie, das ist alles von dem alten Mann?"

"Ja Signora, jetzt kommen wir zum Erbanteil, den ihnen ihr Mann hinterläßt."

"Gut, ich höre."

"Also, diese Wohnung, das Haus in Garda, zwei Autos, drei Millionen Lire in bar, die verschiedenen Konten Ihres Mannes von insgesamt acht Millionen Dollar, plus einige Aktien im Wert von sieben Millionen Dollar. Das sind insgesamt fünfunddreißig Millionen Dollar. Für Rafaelo steht ein Haus und zwei Millionen zur Verfügung. Darüber kann er verfügen, sobald er volljährig ist. Sein Opa hat ihm das Erbe vermacht. Bis zu seiner Volljährigkeit ist alles auf Ihren Namen geschrieben."

Er bat mich, wegen der Unterschrift zum Notar zu kommen und fragte mich, ob er zukünftig auch mein Anwalt bleiben dürfte.

"Natürlich möchte ich das. Kein anderer wäre besser geeignet als sie. Sie wissen jetzt, wie reich ich bin und ich habe keine Lust, es irgend jemand Anderem anzuvertrauen. Sie sind weiterhin engagiert und ich möchte sie bitten, das Beste daraus zu machen und mich gut zu beraten..."

"Danke, bis Montag beim Notar," sagte er und verabschiedete sich.

Nachdem er weg war, überlegte ich, ob das alles Wirklichkeit, oder vielleicht ein Traum war. Es war die Realität, denn in meiner Hand hielt ich zwei Visitenkarten, eine von Melo und die andere vom Notar. Ich hatte plötzlich so viel Geld, dass ich, meine ganze Familie, mein Sohn und später auch noch meine Enkelkinder alleine von den Zinsen leben konnten. Es ist unglaublich, ich hatte so viel Glück im Unglück.

"Soll ich mich jetzt schlecht fühlen, oder soll ich Gott dafür danken, dass er so gut zu mir ist? Ich denke, ich muss dankbar sein und habe jetzt auch einmal die Gelegenheit, Gutes für andere Menschen zu tun und sie glücklich zu machen."

Ich dachte über so vieles nach. Als ich auf die Uhr schaute, stellte ich fest, dass ich über zwei Stunden auf dem Sofa gelegen und überlegt hatte, was ich bloß mit so viel Geld anfangen sollte.

"Zuerst brauche ich Jemanden, mit dem ich das Ereignis feiern kann," beschloss ich und in diesem Augenblick klingelte mein Handy. Aurelius sagte ganz sanft: "Hallo, meine Liebe, hast du Lust, was zu unternehmen?"

"Ja, du kommst wie gerufen. Ich brauche jetzt einen Freund, mit dem ich feiern und trinken kann."

"Nanu, hast du denn was zu feiern?"

"Ha! du wirst dich wundern."

"In zehn Minuten stehe ich vor deiner Tür, Madame," sagte er mit einem disziplinierten Ton in seiner Stimme.

Ich wechselte schnell mein Tageskleid mit einem dezenten schwarzen Abendkleid. Ein wenig Lipgloss tupfte ich auf meine Lippen und parfümierte mich mit einem sündhaft teuren Produkt, das einen verführerischen Duft hatte. Als ich gerade fertig war, klingelte es auch schon an der Tür. Der Fahrer von Aurelius holte mich standesgemäß mit dem Wagen ab. Meine Handtasche schnappte ich mir aus der Flurgarderobe, schloss die Tür ab und lief aufgeregt zum Auto. Aurelius strahlte mich an, wie immer. Sein Lächeln war bezaubernd und verstärkte meine gute Laune. Ich küsste ihn auf die Wangen und fragte:

"Hast du dir überlegt, wo wir hinfahren?

"Ja, ein Mitglied meiner Familie gibt heute Abend eine Party und du bist als Ehrengast eingeladen."

"Mache bitte keine Witze, wieso sollte ich als Ehrengast gelten?"

"Es ist kein Witz, Pepino ist der Gastgeber und er wollte dich als Ehrengast dabei haben. Ich bin heute lediglich dein Begleiter. Er hat mir ausdrücklich gesagt, dass ich ohne dich schon gar nicht erscheinen brauche. Eigentlich wollte ich dir vorher nichts verraten und dich damit überraschen, aber dir kann ich einfach nichts verheimlichen."

"Meinst du, dass das eine gute Idee ist? Was soll ich denn da? Pepino hat seine Rache, ob das nun ein Unfall war oder nicht. Die zwei Kapelonis sind weg und ich brauche keine Hilfe mehr, von niemandem. Außer dich als guten Freund brauche ich nichts mehr und darüber bin ich sehr froh und glücklich."

"Danke für dein Vertrauen, Pansela. Und wenn du mir wirklich vertraust, dann brauchst du keine Angst vor dieser Party zu haben. Sie findet im Haus meines Vaters statt und ich würde dich gerne meiner Familie vorstellen."

"Also, meinetwegen."

Wir fuhren bereits außerhalb der Stadt einen Berg hinauf. Es ging immer höher bergauf, bis ein wunderschönes Kastell zu sehen war, umgeben von einer hohen Mauer, auf der Lichtkegel kreisten. Von weitem wirkte es wie ein Märchenschloss. Die Mauern waren dick und sehr alt. Zwei mächtige Türme ragten in die Höhe. Sicherlich war es einmal die Burg eines reichen Fürsten gewesen. Schließlich fuhren wir durch ein mächtiges Tor, an dem vier Männer, getarnt mit schwarzen Anzügen und Sonnenbrillen standen. Einer von ihnen schaute kurz ins Auto und begrüßte Aurelius. Wir fuhren durch den unendlich großen Park bis vor die Eingangstüre. Der Fahrer von Aurelius stieg aus und öffnete uns die Wagentüre. Ich fühlte mich auf dem roten Teppich in der Eingangshalle wie ein Star, wie eine Prinzessin in einem verwunschenen Schloss. Nein, ich fühlte mich stark und reich und außerdem hatte ich einen hübschen Mann an meiner Seite. Viele gutaussehende und gepflegte Menschen waren anwesend. Natürlich waren nicht alle schön, aber man konnte sofort feststellen, dass diese Menschen sich alles leisten konnten. Aurelius legte seinen Arm um meine Schultern und durchsuchte mit den Augen die Menge nach seinem Vater und nach Pepino.

"Ah, ich hab sie, komm Pansela, ich werde dich vorstellen."

Vor mir standen zwei Männer, die fast identisch aussahen, nur dass einer dünner als der andere war, und das war nicht Pepino, sondern Don Castilo. Die beiden Männer küssten Aurelius und dann nahm Pepino meine Hand, küsste sie und sagte:

"Salvatore, darf ich dir Pansela vorstellen?"

Salvatore Castilo umarmte mich herzlich, küsste ebenfalls meine Hand, wandte sich zu Aurelius um und sagte:

"Jetzt verstehe ich dich, sie ist ja ganz bezaubernd."

"Natürlich," mischte sich Pepino ein, "ich habe es dir doch auch gesagt."

Don Castilo meinte schmunzelnd:

"Pepino, du kennst mich doch, ich muss mich immer selbst davon überzeugen. Aber ihr habt vollkommen ins Schwarze getroffen, dieses Mal."

Er lachte herzhaft und zeigte dabei seine weißen, sehr gepflegten Zähne.

"Kommen sie, meine Liebe, trinken wir etwas," sagte Pepino.

Er führte mich zu einer Bar, die mitten im Raum aufgebaut war und bot mir Champagner an. Nach einigen Lobeshymnen über mein Aussehen, meine anmutige Gestalt und meinen hinreißenden Charme fragte er mich ganz unvermittelt:

"Es würde mich interessieren, ob der Tod deines Mannes und deines Schwiegervaters sich für dich gelohnt hat?"

"Ja, das hat es, aber der alte Herr war immer gut zu mir. Vielleicht haben die Beiden ihrer Meinung nach den Tod verdient. Sie müssen es ja besser wissen als ich."

Dabei schaute ich Pepino direkt in die Augen.

"Mach dir keine Sorgen, meine Liebe, das haben sie tatsächlich. Es beruhigt mich, wenn ich weiß, dass du was davon hast. Es wäre schade, wenn es ein Anderer bekommen hätte. Du hast genug leiden müssen mit dem Idioten von einem Mann. Wir waren der Meinung, dass außer dir und deinem Kind niemandem das Vermögen zusteht. Und noch etwas, du solltest wissen, wir sind immer für dich da. Du bist nicht mehr alleine. Wir sind deine Familie und mich kannst du ab heute Onkel Pepino nennen."

Er schmunzelte, als er sagte:

"Don Castilo hätte es gerne, wenn du ihn Vater nennen würdest, aber so wie es aussieht, gibt sich Aurelius nicht genug Mühe, so eine bezaubernde Frau zu erobern und uns als Tochter ins Haus zu bringen."

Ich lachte und schaute Aurelius an.

Er lächelte auch und sagte: "Ich gehe alles schön langsam an."

Der Abend war traumhaft und ich fühlte mich sehr gut, umkreist von Mafiosis. Sie vermittelten mir ein Zugehörigkeitsgefühl und ich fühlte mich wie eine von ihnen.

Der Koffer war gepackt, die Reisepapiere kontrolliert und dann ging ich noch für meine ganze Familie Geschenke einkaufen. Die Reise nach Hause war ein Highlight auf das ich mich wahnsinnig freute. Endlich würde ich meine Familie, meine Freunde und Mirel wiedersehen.

Seit Tiberius Unfall war inzwischen ein ganzes Jahr vergangen. Aurelius war oft an meiner Seite, aber die Basis unserer Begegnungen war rein freundschaftlich. Wir waren fast wie Geschwister und ich sehnte mich nach Zärtlichkeit. Die Hoffnung, dass Mirel noch Gefühle für mich übrig hat und noch nicht gebunden ist, begleitete mich ständig. Jetzt hätte ich alle Voraussetzungen Mirel und mir ein wunderschönes Leben zu ermöglichen mit einer rosaroten Zukunft. Mein Geld war gut angelegt. Von den Zinsen konnte ich mir jeglichen Luxus leisten, aber meiner Arbeit ging ich dennoch weiter nach, weil das Spielen mein Leben war und ich sogar eine gewisse Berühmtheit erlangte. Außerdem hatte ich mit Unterstützung durch Aurelius in Garda zwei Hotels eröffnet. Nach Außen erschien mein Leben perfekt, aber in meinem Herzen befand sich eine große Leere. Mir fehlte die Liebe und ich dachte nur noch an Mirel. Er wäre der einzige Mensch, der diese Leere beseitigen könnte.

Gegen Abend fuhr ich mit Rafaelo und Concetta los. Die Entscheidung welches Fahrzeug für die Reise geeignet war, fiel aus Platzgründen und wegen der schlechten Straßen in Rumänien auf den Mercedes 300 SL. Die Fahrt verlief ohne Probleme und am nächsten Morgen um zehn Uhr, nach zwölf Stunden und einigen Pausen, war ich endlich zu Hause. Meine Eltern waren überglücklich, mich in ihre Arme schließen zu können. Wir hatten uns viel zu erzählen, vor allem ich sprudelte nur so, da sich im vergangenen Jahr mein ganzes Leben auf den Kopf gestellt hatte. Ich packte meinen Koffer aus und verteilte meine mitgebrachten Geschenke. Am folgenden Tag besuchte ich meine Schwester und gegen Abend fuhr ich nach Gottlob, um meinen Bruder zu besuchen. Er war nicht zu Hause, aber seine Frau schickte mich in den Biergarten vor Ort. Das Auto ließ ich am Straßenrand stehen und ging mit schnellen Schritten in den Biergarten. In der Eile stieß ich auch noch mit einem Mann zusammen. Ich entschuldigte mich, schaute nach oben und fühlte, wie ich blass wurde. Mirel stand vor mir, wie ein Felsen in der Brandung. Er hatte sich verändert. Das Jungenhafte hatte er verloren und es war ein richtiger Mann aus ihm geworden. Seine Haare waren kürzer geschnitten, er wirkte sehr erwachsen und sah schöner als je zuvor aus. In seinen Augen konnte ich sofort erkennen, dass er sich freute, mich zu sehen.

"Hallo Mirel!"

"Hallo Kätzchen.

Er drückte mich ganz fest an seine Brust.

"Was machst du hier? Wann bist du angekommen und wie geht es dir? fragte er mich mit atemloser Stimme.

"Ich suche meinen Bruder."

"Ja, ich habe ihn gesehen, er ist hier. Nun erzähl schon, wie geht es dir? Wie geht es deiner Familie?"

"Mir geht es gut und Rafaelo auch."

"Und dein Mann, wieso sprichst du nicht über ihn?"

"Weil er nicht mehr bei uns ist."

"Habt ihr euch getrennt?"

"Nein, er ist gestorben."

"Oh, das tut mir aber leid, das muss ja grausam für dich gewesen sein."

"Nein, im Gegenteil. Es ist ein Wunder geschehen."

"Wie soll ich das verstehen?" Er schaute mich dabei mit einem kritischen Blick an.

"Bitte, lassen wir dieses Thema. Sag mir lieber wie es dir ergangen ist?"

"Mir geht es gut," antwortete er mit leiser Stimme.

"Hört sich aber gar nicht so an."

"Doch, jetzt wo ich dich sehe, geht es mir gut. Abe ich bin auch gleichzeitig traurig, weil ich weiß, dass du in kurzer Zeit wieder verschwinden wirst und ich dich dann wieder ein paar Jahre nicht sehen werde."

"Ich würde ja gerne hier bleiben, aber ich nehme an, dass es zu spät ist."

Er schaute mich an, nahm meine Hand und hielt sie ganz fest.

"Ich bin verheiratet, Pansela."

"Oh! Sagte ich. "War schön, dich zu sehen. Ich werde jetzt meinen Bruder suchen."

Ich entzog ihm meine Hand und lief rasch zur Toilette. Ich konnte meine Tränen nicht mehr zurückhalten. Ich weinte mich aus. Mein Herz schmerzte und ich fühlte nur Reue und hasste mich selbst. Zum ersten Mal in meinem Leben begriff ich, was ich wirklich verloren hatte. Mirel gehörte mir nicht mehr, er war nicht mehr frei, er gehörte einer anderen Frau und ich, nur ich allein war Schuld daran. Als ich mein Gesicht abgewaschen hatte, lief ich wieder zurück. Vor der Türe stand Mirel.

Er bat mich: "Komm, lass uns irgendwo hingehen, wo wir reden können."

"Ja und mein Bruder?"

"Bitte Pansela, komm mit mir."

Wir verdrückten uns durch den Hintereingang zur Straße. Es war dunkel und keine Menschenseele unterwegs. Wir liefen zu meinem Mercedes und stiegen ein, ohne ein Wort zu sagen. Ich fuhr los, ohne zu fragen wohin. Nach ungefähr zwanzig Kilometern in Richtung der Jugoslawischen Grenze meinte Mirel:

"Wollen wir hier reinfahren? Schau, den Weg da, der in den Wald führt."

Ich fuhr bis zum Waldrand, nicht weit von der Straße entfernt und hielt an. Als ich den Motor ausgeschaltet hatte, stürzte sich Mirel auf mich und fing an, mich zu küssen und mein Hemd auszuziehen. Ich konnte mich auch nicht mehr beherrschen und küsste ihn stürmisch. Dasselbe Gefühl, dass ich immer hatte, wenn er mich berührte, stellte sich sofort wieder ein. Wir waren fast nackt. Er ließ meinen Sitz nach hinten klappen und wirkte wie ein Ertrinkender. Als ich ihn endlich im mir spürte, liebten wir uns lange und leidenschaftlich. Er küsste meine Brüste und bei jeder seiner Bewegungen stöhnte er meinen Namen. Er flüsterte mir ins Ohr, wie sehr er mich vermisst habe. Gleichzeitig hatten wir einen Orgasmus wie eine Explosion, so als wären wir niemals getrennt voneinander gewesen. In seinen Armen liegend wünschte ich mir, dass dieser Moment niemals zu Ende ginge. Nach einer Weile löste ich mich von ihm, suchte nach einer Zigarette, zündete sie an und bot Mirel auch eine an. Wir rauchten, ohne ein einziges Wort zu sagen.

Er unterbrach die Stille mit einem verzweifelten Aufschrei:

"Was soll ich tun, mein Kätzchen? Wie soll es mit uns weitergehen?"

"Ich weiß es nicht. Ich kann nicht von dir verlangen, dass du dich von deiner Frau trennst, es wäre unfair."

"Pansela bitte sag mir, dass es nicht nur ein Spiel ist. Sag mir, dass du mich liebst. Sag mir, ob du es dir vorstellen kannst, mit mir zu leben?"

"Ja, ich liebe dich, aber ich möchte dir und deiner Frau nicht weh tun. Nicht schon wieder. Ich habe dir genug Schmerzen zugefügt. Jetzt muss ich selbst damit klar kommen, dass du für mich nicht mehr erreichbar bist."

"Nein, meine Liebe, ich bin bereit, mein Leben mit dir zu teilen und auf alles hier zu verzichten. Meine Ehe ist mir nicht wichtig, ich liebe meine Frau nicht. Du bist die Einzige, die ich liebe und ich wäre sogar bereit, für dich zu sterben."

"Bitte Mirel, sag so etwas nicht. Ich könnte es nicht ertragen, wenn dir etwas zustoßen würde."

"Pansela, eines möchte ich noch gerne wissen. Hast du wenigstens das erreicht, was du immer wolltest? Wieso hast du dich nie gemeldet?

"Ja, ich habe alles erreicht. Ich bin erfolgreich in meinem Beruf. Ich habe alles, was ich will, aber dafür habe ich den teuersten Preis der Welt bezahlt. Ich habe meine Liebe geopfert. Mein Herz ist eine leere Hülle. Die letzten Jahre meines Lebens waren furchtbar und grausam. Und melden wollte ich mich nicht, denn dich zu hören oder zu sehen hätte mich von meinem Weg abgehalten. Und jetzt bin ich hier, habe Sex mit dir und fühle mich wie neu geboren. Ich will dich, aber ich möchte nicht, dass du deine Frau meinetwegen verlässt. Mag sein, dass du sie nicht lieb hast, ich kenne das, ich war auch nicht in meine verschiedenen Männer verliebt. Aber was ist, wenn sie dich liebt. Lasse uns einfach die Zeit und diese unbeschreiblich schönen Momente genießen, in denen wir zusammen sind. Es wird vorbei gehen und wir werden weiterleben wie bisher."

"Warum sprichst du so einen Blödsinn, Pansela? Wie kannst du nur so mit mir spielen. Du kommst hierher, sagst dass du mich liebst und machst mir wieder Hoffnung. Ich bin für dich da! Ich bin bereit, dir zu folgen, ganz gleich wohin. Ich möchte alles hinter mir lassen und nur bei dir sein. Und dann sprichst du davon, dass es so weitergehen soll wie bisher. Weißt du, was das für mich bedeutet? Weißt du überhaupt, was Gefühle sind, Pansela?"

"Natürlich weiß ich das, sonst wäre ich jetzt nicht hier und hätte nicht mit dir geschlafen, um dir meine Liebe zu beweisen. Ich möchte nur dein Leben, das du dir inzwischen aufgebaut hast, nicht zerstören. Ich kann hier in diesem Dorf nicht bleiben und wenn du mitkommst, könnte es gefährlich für dich sein. Ich möchte einfach nicht, dass dir etwas passiert. Im Moment kann ich dich nicht mitnehmen. Lass bitte unsere Liebe nicht kaputt gehen, gib mir Zeit, Mirel."

"Nein, meine Liebe, entweder jetzt oder nie. Was meinst du mit gefährlich?" Was soll das sein? Hast du jemanden, der dich unter Druck setzt, oder hast du das mit deinem Mann nur erfunden und er ist gar nicht tot?"

"Nein Mirel, er lebt wirklich nicht mehr. Du solltest nicht an meinen Worten zweifeln. Es gibt gewisse Personen, die nicht so erbaut wären, wenn ich mit einem Mann zurückkommen würde."

"Wer sind diese Personen?"

"Seine Familie."

"Pansela, ich bin ein Mann, der zehn Jahre auf seine große und einzige Liebe gewartet hat. Glaubst du, dass sich irgend jemand oder irgend etwas zwischen uns stellen kann? Ich nicht. Ich habe dir gesagt, dass ich für dich sterben würde. Lieber das, als ohne dich weiter zu leben."

"Du meinst das völlig ernst?"

"Natürlich meine ich das ernst! Morgen werde ich alles erledigen, was nötig ist, Papiere und so und dann werde ich mit dir gehen, wenn du zurück musst.

"Das ist nicht so einfach, Mirel. Du brauchst ein Visum für Italien."

"Kein Problem, das werde ich mir schon beschaffen. Ich bitte dich nur, dass du solange hierbleibst, falls es etwas länger dauern sollte. Pansela, mal ganz unabhängig von meiner Frau und der Familie, von der du gesprochen hast, sage mir, ob du das wirklich willst und ob du mich liebst."

Ich dachte eine Weile darüber nach. Wie würde das alles werden? Würden Aurelius und seine Mafiosis ihm etwas antun? Wenn Aurelius noch immer in mich verliebt ist, würde er alles daran setzen, mich zu bekommen und seine Familie würde ihm dabei helfen. Mit welchen Mitteln sie das notfalls tun würden, konnte ich mir lebhaft vorstellen. Ich kann Mirel dieser Gefahr nicht aussetzen. Lieber möchte ich auf ihn verzichten, als ihn möglicherweise tot unter einem weißen Laken identifizieren zu müssen.

"Ich will es nicht, Mirel, ich habe schon jemand anderen, mit dem ich zusammen bin," log ich und sah ihn dabei nicht an.

"Liebst du ihn?"

"Ja, sicher!"

"Wie kannst du nur so herzlos sein? Bitte fahr mich zurück."

"Mirel, bitte versteh mich, ich will es nicht, aber es ist besser so.

Ich fuhr ihn ins Dorf zurück. Er bat mich, ihn wieder am Biergarten abzusetzen. Bevor er aus dem Auto ausstieg, schaute er mich noch einmal an, streichelte meine Haare und sagte:

"Ich werde nie aufhören, dich zu lieben. Darf ich dich noch einmal sehen, bevor du abreist?"

"Ja natürlich!"

Er küsste mich zum Abschied auf die Lippen und ich spürte wieder diese Lust, die ich nur bei ihm hatte.

Er stieg aus und sagte: "Gute Nacht, meine Königin."

"Gute Nacht, meine Liebe," hauchte ich leise.

Ich fuhr heim. Meinen Bruder suchte ich nicht mehr. Es war schon nach Mitternacht. Mein Vater war noch wach und merkte sofort, dass es mir nicht gut ging.

"Was bedrückt dich, meine Kleine?"

"Oh Papa, ich weiß nicht, ob ich in meinem Leben immer richtig gehandelt habe, aber ich weiß eines ganz bestimmt, ich darf einen Menschen, den ich liebe, nicht in Gefahr bringen, oder was meinst du?"

"Ja, du hast recht und ich denke, dass du bestimmt das Richtige tust."

Am nächsten Tag fuhr ich in die Stadt um meine Cousine zu besuchen. Einige Tage blieb ich bei ihr. Mirel wollte ich nicht mehr treffen. Den Kummer wollte ich ihm und mir ersparen. Aber es funktionierte nicht. Als wir vom Einkaufen wieder zurück waren, stand Mirel vor der Tür.

Ich sagte zu meiner Cousine Sia:

"Bitte, gehe schon rein, ich muss mit diesem jungen Mann sprechen."

"Wer ist das?" wollte sie wissen.

"Meine erste große Liebe."

"Du hast einen guten Geschmack, das muss man dir lassen Pansela."

Sie lief an Mirel vorbei und sagte: "Hallo!"

Er grüßte zurück.

Ich wartete, bis sie hinter der Tür verschwunden war und sagte dann auch:

"Hallo, wieso bist du hier?"

"Ich konnte nicht anders. Ich musste dich sehen. Du fehlst mir so sehr, Pansela."

Er wollte mich küssen, aber ich wich einen Schritt zurück.

"Mirel, bitte gehe zu deiner Frau und lebe dein Leben. Es ist zu spät für uns. Ich habe schon so viele Fehler in meinem Leben gemacht. Ich will nicht noch einen begehen."

"Sind das deine letzten Worte? Willst du, dass ich gehe?"

"Ja, das will ich."

"Lebe wohl, Pansela."

"Auf Wiedersehen, Mirel."

Er lief nach unten zur Straße. Ich schaute ihm nach. Er drehte sich nicht mehr um. Ich wusste, dass ich ihm wieder schrecklich weh getan hatte, aber nicht nur ihm, sondern mir selbst hatte ich mindestens genauso tiefe Wunden zugefügt. Am liebsten hätte ich laut geheult, wäre ihm nachgelaufen, um ihn zu bitten für immer bei mir zu bleiben. Aber die Angst, die in meinem Nacken saß, was geschehen könnte, mit ihm, mit mir und meinem Kind, war doch größer. Ich dachte an Aurelius und an die Frau von Mirel. Mirel würde jetzt wirklich glauben, dass ich nur mit ihm gespielt hatte. Aber er würde es vergessen, bestimmt, nach einiger Zeit. Ich fühlte mich elend bei dem Gedanken, dass er mich vergessen könnte. Ich rannte nach oben und bat Sia, mit mir eine Flasche Wein zu trinken. Als ihr Mann nach Hause kam, waren wir sehr gut drauf, besser gesagt stockbesoffen.

Zwei Tage später fuhr ich wieder nach Italien zurück. Meine Geschäfte liefen perfekt. Ich verdiente sehr viel Geld, ohne dass ich dafür etwas tun musste. Meine Musik war für mich keine Arbeit, sondern die reinste Freude.

Aurelius musste nach Deutschland fahren, um dort eine paar Geschäfte für seinen Vater zu erledigen. Ich vermisste ihn und wir telefonierten täglich miteinander. Er fing an, mir am Telefon und durch Briefe seine Liebe zu gestehen. Jeden Tag schickte er mir durch Fleurop Blumen. Mein Interesse an ihm wuchs und ich konnte mir ein Leben mit ihm ganz gut vorstellen. Ich war dabei mich in ihn zu verlieben. Wenn ich seine Stimme am Telefon hörte, bekam ich sogar Herzklopfen. Endlich verspürte ich wieder Gefühle für einen Mann und sehnte mich nach Sex und Zärtlichkeit.

Als Aurelius nach drei Monaten zurück kam, warteten wir nicht mehr lange und heirateten. Eigentlich hatte ich schon am Telefon meinen Heiratsantrag bekommen. Als ich ihm sagte, dass ich mir das noch überlegen müsste, bekam ich ein paar Stunden später durch einen Boten einen Ring von Tiffany, meinen Ring mit einer Karte. Der Ring war aus Platin mit einem großen einkarätigen Diamanten. Auf der Karte stand: "Lass mich nicht sterben, heirate mich." Aurelius hing schon wieder am Telefon. Er sagte:

"Bitte Pansela, gib mir eine Antwort, ich will es wissen, ob ja, nein oder ein vielleicht."

"Was passiert dann, wenn ich es dir sage und es ein nein ist?"

"Wenn es ein ja wäre, phantastisch. Wenn nein, bin ich furchtbar traurig und wenn vielleicht, werde ich solange nicht aufgeben, bis daraus eines Tages ein ja wird. Ich muss hier noch ein paar Entscheidungen treffen. Ob ich nach Hause zurück komme oder hier bleibe hängt von deiner Entscheidung ab."

"Willst du mir damit sagen, dass es von mir abhängt, ob du bleibst oder zurück kommst?"

"So ungefähr."

"Das ist Erpressung. Ich will, dass du als mein Freund bei mir bist, auch wenn wir nicht heiraten."

"Das will ich auch, meine Liebe. Aber glaube mir, ich bin so verliebt, dass ich nicht mehr nur dein Freund sein kann. Ich möchte dich lieben und Sex mit dir

haben und es wäre verdammt schwierig, nach dem du mich so angeheizt hast in den letzten Monaten. Denke doch nur an den Telefonsex, den wir hatten und an deine schmutzige Phantasie. Wie könnte ich da nur dein Freund sein?"
Ich lachte: "Das war ein guter Zeitvertreib. Ab und zu hatte ich sogar einen Orgasmus. Wieso sollten wir es nicht weiterhin so machen?"
"Willst du mich jetzt ärgern, oder spielst du gerade mit dem Feuer?"
"Beides," meinte ich und grunzte vor Vergnügen.
"Verarschen willst du mich. Warte, ich steige sofort in das nächste Flugzeug und komme, dann kannst du dich auf etwas gefasst machen.
Er kam tatsächlich am nächsten Tag.
Ich sagte: "Ja!"
Ich wollte ihn und dachte, dass in meinem Leben nun nichts mehr schiefgehen konnte. Alles, was ich mir nur wünschen konnte, hatte ich erreicht. Wir kannten uns so gut und Aurelius war immer für mich da. Er liebte Rafaelo und er liebte mich. Er sah gut aus und war eine starke Persönlichkeit. Wir feierten unsere Hochzeit in einem Opernhaus in Rom. Sämtliche Familien der Mafia mit Rang und Namen waren anwesend. Es war wundervoll und wir bekamen Geschenke im Gesamtwert von einer Million Dollar. Die Feier dauerte zwei komplette Tage lang. Den ersten Tag feierten wir im Opernhaus und den zweiten in einem angesehenen Club in der Stadt. Unsere Flitterwochen verbrachten wir in Indonesien auf der Insel Bali. Aurelius war unbeschreiblich, er war lieb und aufmerksam. Allerdings war unsere erste Nacht eine Blamage für ihn. Vielleicht war er zu aufgeregt oder müde, oder er hatte zu lange auf diesen Augenblick warten müssen. Auf jeden Fall klappte nichts mit seinem besten Stück. Ich gab mir Mühe, ihn zu erregen, aber es funktonierte einfach nichts. Schließlich war es ihm so peinlich, dass er nicht mehr wollte. Er befriedigte mich mit den Händen und mit seinem Mund. Es war schön für mich und ich fühlte mich sehr gut. Gedanken machte ich mir darüber keine, auch nicht, ob er vielleicht ein Problem mit seiner Potenz hatte. Es gab sicherlich einen triftigen Grund dafür, warum es in dieser Nacht nicht klappen wollte. Wir unternahmen auf Bali so viel, dass wir jeden Abend völlig müde waren und stets sofort einschliefen. An Sex hatten wir keinen einzigen Gedanken verschwendet, wir waren mit so vielen anderen Dingen beschäftigt. Tagsüber küsste mich Aurelius ohne

Unterbrechung und konnte nicht eine Minute die Finger von mir lassen. Seine Hände beschäftigten sich ständig mit meinem Körper. Manchmal spielte er im Restaurant oder an einem ruhigen Platz mit seinen Fingern in meiner Vagina, so dass ich öfters einen Orgasmus bekam.

Der Urlaub ging rasend schnell vorbei und ich war der Meinung, dass wir wieder nach Hause fliegen würden. Als wir auf dem Flughafen waren, wollte ich an den Schalter zum Check-In, aber Aurelius hielt mich zurück und sagte:
"Nein, meine Liebe, wir müssen da hin. Er zeigte mir mit der Hand die Richtung. "Wieso?" fragte ich. "Hier steht doch Rom."
"Vertraue mir bitte und lass uns dahin gehen."
Er zog mich mit und stellte sich in die Menschenschlange, die vor der Anzeige "Sydney" stand. Ich schaute ihn überrascht an.
"Es ist doch so schön, mal weg zu sein und es ist so wunderbar mit dir. Ich möchte die ganze Welt mit dir sehen. Ich habe gedacht, wir könnten den Anfang machen und fliegen nach Australien."
Er grinste geheimnisvoll und verriet mir:
"Rafaelo erwartet uns dort."
Ich freute mich sehr und küsste ihn zärtlich.
"Eine tolle Überraschung. Die ist dir wirklich gelungen."
Im Flugzeug erzählte er mir, dass er dort am Rande von Sydney ein Haus gekauft hatte. Wir blieben drei Monate in Australien. Natürlich war auch Concetta dabei und Rafaelo somit in guten Händen. Dadurch konnten wir eine Menge von Australien sehen.
Eines Morgens sagte Aurelius: "Ich habe eine Safari organisiert. Oder möchte meine Comtessa nicht in den Busch und nachts unter freiem Himmel schlafen, um von Schlangen zum Frühstück verspeist zu werden?
Er lachte dabei wie ein kleiner Junge.
"Doch und wie ich das möchte. Alles ist o.k. bis auf die Schlangen, die mag ich nämlich nicht so besonders. Ich überlasse lieber dir das Frühstück oder das Abendessen und bevorzuge einen Kampf mit den Känguruhs."
Während des Fluges lachten wir uns über solche Storys kaputt und unterhielten uns köstlich. Eines musste ich mir aber eingestehen, ich hatte

noch nie einen solchen lustigen und witzigen Mann gekannt, der immer so gute Laune wie Aurelius hatte. Mit ihm wurde es mir niemals langweilig. Er war sehr unterhaltsam und konnte aus jeder Situation das Beste herausholen.

Das Haus in Sydney war wunderschön, ausgestattet mit vier Schlafzimmern, einem großen Wohnzimmer, das einen offenem Kamin hatte, und zwei Bädern. Vor der Terrasse befand sich ein richtig großes Schwimmbad. Das Haus war aus Baumstämmen gebaut. Innen war alles sauber und bequem.

Ich verliebte mich sofort in dieses Haus und sagte zu Aurelius:

"Solch ein Haus habe ich immer in meinen Träumen gesehen. Es ist perfekt."

"Gefällt es dir?"

"Ja sehr!"

Nach drei Tagen bereiteten wir uns für den Urwald Australiens vor, wir zwei und ein Führer. Es war klar, dass es ein richtiges Abenteuer werden würde. Rafaelo und Concetta nahmen wir nicht mit. Es gab dort so viele interessante Dinge für den Jungen zu entdecken, dass er uns bestimmt nicht sehr vermissen würde. Wir waren insgesamt zwei Wochen unterwegs und erlebten lustige, auch mal traurige und vor allem ungewöhnliche Dinge. Es kostete mich ziemlich viel Überwindungskraft, als ich zum ersten Mal in meinem Leben Fleisch von einem Leguan essen musste. Wir hatten einen Stamm der Aborigines besucht. Von diesem Stamm wurden wir sehr freundlich behandelt und gebeten doch zum Abendessen und für eine Übernachtung bei ihnen zu bleiben. Die Männer verschwanden zum Jagen in den Wald und kamen mit einer riesigen Eidechse zurück. Die Frauen nahmen die Innereien heraus und wuschen das Blut mit Wasser ab. Dann sammelten sie Holzäste von den Bäumen und bereiteten in dem dafür vorgesehenen Loch ein Feuer. Als nur noch rote Glut übrig war, wickelten sie das Tier in Blätter ein und legten es in das Loch. Anschließend bedeckten sie das ganze mit Sand. Nach etwa einer Stunde nahmen sie den gebratenen Leguan heraus, zogen ihm die Haut ab und legten ihn auf frische Blätter. Dazu hatten sie aus roten Früchten eine Soße zubereitet. Der Stammälteste nahm sich als erster ein Stück Fleisch, stippte es in die Soße und aß. Danach bat er uns, mit dem Essen anzufangen. Ich sagte zu Aurelius, dass ich das nicht essen könnte. Er klärte mich darüber auf, dass ich das nicht ablehnen dürfte, weil sie das als schwere Beleidigung auffassen würden. Ich nahm ein kleines Stück weißes Fleisch und führte es mit großem Ekel in meinen Mund. Mit Todesverachtung kaute ich zweimal darauf herum und stellte fest, dass es sehr schmackhaft war, vergleichbar mit zartem Hühnerfleisch. Ich nahm mir sofort ein größeres Stück und probierte es mit der Soße aus. Es war phantastisch. Die Soße war süßlich und sehr scharf. Unterwegs aßen wir auch Fleisch vom Känguruh und vom Krokodil was mir wider Erwarten vorzüglich schmeckte. Es gab diverse Früchte und Fischarten, die wir nicht kannten. Wir übernachteten in Zelten und unter freiem Himmel. Die Entfernungen zu den Dörfern waren unendlich. Es waren die kalten Nächte, die Schlangen und Skorpione, vor denen ich mich etwas fürchtete und wovor man sich in Acht nehmen musste. Nachts kuschelte ich mich immer an Aurelius und lauschte auf jedes Geräusch und nach jeder Bewegung. Unser Führer bereitete eine Mischung aus Knoblauch und verschiedenen Kräutern zu. Diese Mischung wurde jeden Abend kreisförmig um uns herum auf dem Boden verteilt um die Tiere fernzuhalten. An Sex dachte unter diesen Umständen keiner von uns. Als die Safari zu Ende war, flogen wir nach Sydney zurück. Aurelius befriedigte mich wieder mit den Händen und ich machte mir langsam über ihn Sorgen. Aber ich wollte ihn erst darauf ansprechen, wenn wir wieder in Italien waren.

Als wir zu Hause angekommen waren, vereinbarte ich für den nächsten Tag zum Maniküren, Pediküren und zur Gesichtspflege einen Termin bei der Kosmetikerin. Nach dieser Abenteuerreise brauchte ich das einfach für mein Wohlbefinden. Nach meinem Schönheitstag lud mich Aurelius zum Einkaufsbummel ein. Ich kaufte mir einige neue Kleider. Aurelius überraschte mich mit einer genialen Handtasche und einem Gürtel von "Prada", und exakt dazu passenden Schuhen. Meine Ehe funktionierte und ich verliebte mich von Tag zu Tag mehr in Aurelius. Auch sexuell war ich befriedigt, aber nicht auf die gewohnte, "normale" Art. Als ich ihn diesbezüglich ansprach, versuchte er mir zu erklären, dass er bisher nur ab und zu versagt und immer gehofft hatte, dass ihm das bei mir nicht passieren würde. Er sagte:

"Je mehr ich mir wünsche, mit dir Sex zu haben und je verrückter ich nach dir bin, desto schlapper wird mein kleiner Freund. Ich wünsche mir nichts mehr, als dich zu spüren und in dir zu sein, aber mein Schwanz will einfach nicht steif werden. Erregt bin ich trotzdem, wenn ich dich befriedigen kann. Ich verspreche dir, einen Arzt aufsuchen."

Aurelius bekam Medikamente und wir fuhren sehr oft zur Entspannung in den Urlaub. Aber egal, was wir auch anstellten, es funktionierte einfach nicht. An sich war ich mit meiner Ehe zufrieden. Aurelius war der liebste Mensch überhaupt, ein guter Ehemann und für Rafaelo ein perfekter Papa. Als Geschäftsmann war er brillant. Wir waren über fünf Jahre verheiratet, als ich mich entschloss, ihn an einem Wochentag in seinem Büro zu überraschen. Ich bat seine Sekretärin sitzen zu bleiben, als ich hereinkam.

Sie schaute mich ängstlich an und sagte:

"Ihr Mann ist in einer Besprechung."

Bevor sie ihren Satz beendet hatte, stand ich bereits in der geöffneten Türe. Aurelius saß in seinem Bürostuhl mit einem Tablett vor sich, auf dem sich weißes Pulver befand. Es war Kokain und er hatte sich gerade eine Linie in die Nase gezogen. Vor lauter Schreck und mit dem frischen Pulver in der Nase konnte er nicht einmal Hallo zu mir sagen.

Seine Sekretärin kam aufgeregt herein und sagte: "Entschuldigung, ich konnte es leider nicht verhindern."

Aurelius herrschte sie an:

"Spar dir deine Entschuldigung für später auf, wenn du gefeuert bist." Sie verließ das Zimmer. Aurelius stand auf und kam auf mich zu. Er wollte mich küssen, aber ich zog mich zurück.

"Aber Pansela, bitte lass es mich erklären."

Aurelius, ich brauche keine Erklärung, das ist Kokain und du nimmst dieses Zeug. Was für eine Entschuldigung brauchst du dafür.

Soll ich dir was verraten, deswegen bist du impotent."

Er schaute mich an und sagte:

"Ich höre auf damit, aber bitte, verlasse mich nicht."

Ich war enttäuscht und ich wusste nicht, was ich machen sollte. Ich fragte ihn, ob es sonst noch etwas geben würde, das er mir verheimlicht hatte. Er versprach mir, dass es sonst nichts geben würde und meinte:

"Ich habe dich nie betrogen und ich habe auch niemanden umgebracht. Ich schwöre dir, ich werde damit aufhören."

Ich verzieh ihm und unterstützte ihn bei seinem Drogenentzug. Nach ein paar Monaten ohne Drogen verbesserte sich auch unser Sexleben. Er bekam ihn wieder hoch und wir liebten uns bei jeder Gelegenheit, wenn er einen Steifen bekam. Ich wurde wieder schwanger und bekam meinen zweiten Sohn. Wir gaben ihm den Namen Titus. Wir waren glücklich und alles funktionierte perfekt, bis eines Tages bei Aurelius die Potenzprobleme wieder auftraten. Ich fragte ihn, ob er wieder Kokain nehmen würde und er schwor, dass das nicht der Fall sein würde. Ich glaubte ihm nicht und bat ihn, mir einen Test des Arztes vorzulegen, indem es schwarz auf weiß steht, dass er clean ist. Er versprach mir, das zu tun, aber es vergingen Monate und ich bekam keine Bestätigung. Entnervt drohte ich ihm mit der Scheidung, wenn er mir nicht die Wahrheit sagen würde. Schließlich gab er es zu und rechtfertigte sich mit den Worten:

"Es tut mir leid, aber ich kann es nicht lassen. Unsere Gesellschaft und meine Geschäfte verlangen von mir den Konsum von Drogen."

"Ich bitte dich inständig, damit aufzuhören, unserer Liebe und unserem Glück zu liebe."

Die Chance, von alleine damit aufzuhören und zur Vernunft zu kommen, räumte ich ihm ein. Ich war ihm eine gute Ehefrau und gab mir Mühe, geduldig und verständnisvoll zu sein. Aufgeben wollte ich ihn nicht, weil ich ihn liebte. Es war wieder wie am Anfang unserer Ehe. Er befriedigte mich genauso liebevoll mit den Händen und seinem Mund, aber ich vermisste es, ihn körperlich zu spüren und richtigen Sex haben zu können.

Im Sommer reiste ich mit Concetta und den Kindern in unser Haus am Gardasee. Ich spazierte mit den Kindern auch durch die Innenstadt von Verona. Weil Rafaelo unbedingt noch eine Pizza essen wollte, suchten wir eine ganz bestimmte Pizzeria, die Aurelius uns empfohlen hatte. Plötzlich hörte ich hinter mir zwei Männer Rumänisch reden. Eine Stimme kam mir bekannt und sehr vertraut vor. Ich drehte mich um und wollte meinen Augen nicht glauben, da stand Mirel. Schöner und maskuliner, als je zuvor.

"Hallo Mirel!"

"Oh mein Gott, Pansela!. Du hier, ich kann es kaum fassen."

Er umarmte mich und flüsterte mir ins Ohr:

"Ich habe dich jahrelang gesucht und wollte fast schon aufgeben. Und jetzt läufst du mir direkt vor die Füße. Ich bin so froh und glücklich, dich zu sehen."

Ich stellte ihm die Kinder vor und er stellte mir seinen Freund vor. Ich erklärte ihm, dass wir vor hatten, Pizza zu essen und fragte, ob sie uns begleiten wollten.

"Ja natürlich, gerne," meinte Mirel. Ich habe auch Hunger. Was ist mit dir Leon?" Er wandte sich zu seinem Freund.

"Gute Idee," sagte dieser.

Ich fragte ihn, ob er sich in Verona auskennt, weil wir ein bestimmtes Lokal suchten.

"Ja, schon, welches?"

"Di Angelo," antwortete ich.

"Ah, das ist ein paar Meter weiter links."

Wir liefen weiter und Leon versuchte, mit Rafaelo ins Gespräch zu kommen. Mirel nahm Titus auf den Arm, nachdem Titus zu jammern anfing und nicht mehr laufen wollte. Während des Essens unterhielten wir uns über die letzten Jahre. Wir sprachen fast die ganze Zeit über Rumänisch, damit die Kinder nicht alles mitbekommen konnten. Mirel erzählte mir, dass er sich nach unserem letzten Treffen von seiner Frau scheiden ließ und nach Italien gefahren war, um mich zu suchen. Man hatte ihm erzählt, dass ich in Mailand wohnen würde.

"Fünf Jahre lang habe ich ganz Mailand nach dir abgesucht. Ich war in jedem Cafe, in jedem Club und jeder Boutique. Ich lief sogar mit einem Foto von dir herum und fragte jeden Passanten nach dir aus. Als ich ein Angebot von meiner Firma bekam, musste ich nach Desenzano umziehen und hoffte, dich hier zu treffen. Ich dachte, dass jeder Italiener aus Mailand am Gardasee Urlaub machen würde. Jetzt wohne ich bereits seit zwei Jahren in Verona und hatte schon aufgegeben, dich zu finden. Und dann stehst du einfach so unverhofft ausgerechnet in Verona vor mir."

"Nein Mirel, ich wohne nicht hier, sondern in Rom."

"In Rom. Wie kommst du dann nach Verona?"

"Ich verbringe gerade die Sommerferien mit den Kindern in unserem Haus in Garda. Genauer gesagt haben wir in Sirmione und Desenzano Ferienhäuser."

"Phantastisch, da hätte ich dich ja lange in Mailand suchen können.

Bist du oft in Garda?"

"Jedes Jahr im Sommer."

"Kann ich dich später sehen?" fragte er, nachdem ich nach Hause wollte, weil Titus langsam müde wurde und weinte.

"Ja, gib mir eine Telefonnummer, wo ich dich erreichen kann. Ich werde mich melden."

Dann wollte ich bezahlen, aber er ließ es nicht zu. Er bat, mich und meine Kinder einladen zu dürfen. Ich gab ihm einen Kuss auf die Lippen und spürte wieder diese Lust und das Feuer in meinem Körper. Ich schaute ihn an und es war mir klar, dass er meine einzige wahre Liebe war und immer noch ist."

"Ciao Pansela, bis später. Ruf mich bitte an."

"Das mache ich bestimmt. Auf Wiedersehen Mirel."

Auf dem Weg zurück nach Sirmione, konnte ich nur noch an ihn denken. In diesem Augenblick wurde mir klar, dass ich nicht wirklich glücklich war. Ich vemisste Leidenschaft und guten Sex. Und bei der Begegnung mit Mirel wurde mir wieder bewusst, dass nur er mir diese Wünsche erfüllen konnte. Ich war so stolz, als ich von ihm erfuhr, dass er mich jahrelang gesucht hatte. Damit hatte ich überhaupt nicht gerechnet, nachdem ich ihm so viel Schmerz und Enttäuschung zugefügt hatte. Dass er mich immer noch liebt, konnte ich kaum begreifen.

Als wir zu Hause in unserem Ferienhaus eintrafen, nahm ich zuerst ein Bad zur Entspannung und überlegte dabei, ob ich Mirel hierher einladen sollte. Besser vielleicht doch nicht, die Kinder könnten ohne Absicht ihrem Papa davon erzählen. Ich konnte es kaum erwarten, ihn zu sehen und mit ihm ganz alleine zu sein. Im Moment war mir alles andere außer Mirel egal, nur ihn wollte ich. Meine Ehe funktionierte sowieso nicht mehr. Mein Mann nahm Drogen und ich war eine einsame reiche Frau, die sich nach Zuneigung und Liebe sehnte. Ich musste mich gewaltsam von meinen Gedanken befreien, um mich für Mirel anzukleiden und hübsch zu machen. Es war schon 22 Uhr. Schnell zog ich ein rosarotes Sommerkleid von Cavalli und fliederfarbene Sandalen von Dolce & Gabbana an. Dazu gehörte eine passende Tasche von Dior. Kleine Ohrringe mit Diamanten und sonst nichts trug ich an Schmuck dazu. Unterwäsche trug ich auch keine als Überraschung für Mirel. Als ich fertig war, starrte ich auf Mirels Zettel, auf dem er seine Telefonnummer vermerkt hatte.

Ich wählte seine Nummer und mein Herz pochte wie wahnsinnig.

"Pronto?" meldete sich Mirel.

"Hallo Mirel ich bin's, Pansela."

"Du hast dich gemeldet, ich kann es kaum glauben."

"Dachtest du, dass ich es nicht tue?"

"Ja, ich dachte, dass ich weitere zehn Jahre damit verbringen müsste, darauf zu hoffen, dich irgendwann wieder zu treffen."

"Ich wollte dich fragen, ob wir zusammen etwas unternehmen wollen."

"Ja Kätzchen, ich bin bereit und warte nur auf dich."

"Wo bist du gerade? fragte ich ihn.

"In Verona."

"Gut Mirel, wir treffen uns in einer halben Stunde in Desenzano in der Pianobar Amore am Römerplatz."

"Ich bin schon unterwegs, meine Kuschelkatze."

"Ich auch, Mirel, bis gleich."

Ich lief in die Garage, nahm den Porsche und fuhr gemütlich die Straße am See entlang in Richtung Desenzano. Ich konnte mir Zeit lassen, da es nur sieben Kilometer waren, während Mirel von Verona aus über zwanzig Kilometer zu fahren hatte. Ich war schon da und wartete im Auto auf dem Parkplatz. Kurze Zeit später fuhr ein Sportwagen auf den Parkplatz. Mirel stieg aus, bekleidet mit weißen Hosen, einem türkisfarbenen Hemd und weißen Ledersandalen. In seinem Nacken kringelten sich Locken. Er sah sehr trendy aus, schaute sich um und wollte in Richtung Eingang zu der Pianobar gehen, als ich von meinem Porsche aus nach ihm rief:

"Mirel, warte auf mich!"

"Oh Kätzchen, da bist du ja."

Ich stieg aus und er kam mir entgegen.

"Du wirst immer schöner, Pansela."

"Danke Mirel, du aber auch."

Er küsste mich vorsichtig auf die Lippen, legte seine Arme um mich und hielt mich ein paar Minuten ganz fest.

"Wollen wir reingehen, oder auf dem Parkplatz unser Wiedersehen feiern? wollte ich von ihm wissen.

"Wir gehen rein," sagte er, "aber versprich mir, dass ich dich weiterhin im Arm halten darf."

"O.k., du darfst."

Wir tranken Champagner und unterhielten uns stundenlang, ohne dass unsere Hände sich nur einen Augenblick voneinander lösten. Ich erfuhr von Mirel, dass er als Sportlehrer in einem Gymnasium in Verona arbeitete und nebenher zusammen mit Leon eine Kampfschule aufgemacht hatte. Er erzählte mir, dass er eine Wohnung in Pescheria gekauft hatte. Außer dem fürchterlichen Liebeskummer, der ihn seit Jahren quälen würde, ginge es ihm gut. Gegen zwei Uhr früh am Morgen sagte ich zu ihm:

"Wir sollten jetzt gehen. Ich bin schon ein wenig beschwipst."

Ich hatte keine Kraft mehr, mich in dieser romantischen Atmosphäre zu befinden. Ich wollte selber romantische Stunden mit Mirel erleben. Er hatte sich den ganzen Abend zurückgehalten. Aber in jede Minute sagte er mir, wie sehr er mich vermisst hatte und wie sehr er sich wünscht, mich zu lieben. Auf seine Fragen über meinen Mann und meine Beziehung zu ihm wollte ich mich nicht äußern. Ich bat ihn, nicht darüber zu reden. Wir gingen hinaus ins Freie und sobald wir am Parkplatz waren, überfiel mich Mirel, küsste und berührte mich am ganzen Körper. Mir wurde total heiß, mein ganzer Körper war völlig erregt und ich wollte ihn nur noch spüren.

Wir beschlossen, in sein Haus in Pescheria zu fahren. Ich ließ mein Auto stehen und fuhr bei Mirel mit. Er streichelte unentwegt meine Schenkel und als er sich unter meinen Rock tastete, stellte er erfreut fest, dass ich keinen Schlüpfer trug. Er spielte während der ganzen Fahrt mit meiner Vagina und ich küsste seine Hand. Ich fühlte mich genauso, wie vor 15 Jahren, verliebt und glücklich wie ein Teenager. In seinem Haus angekommen, konnten wir es kaum noch erwarten, rissen uns gegenseitig die Kleidung vom Leib und liebten uns wie ausgehungerte Tiere. In dem Augenblick, als er seinen kräftigen Penis in mich schob, weinte ich vor Freude. Endlich hatte ich ihn wieder und durfte ihn spüren. Mein Versprechen, ihn nie mehr loszulassen und für immer bei ihm zu bleiben, würde ich dieses Mal auf jeden Fall einhalten.

Plötzlich fiel mir siedenheiß das Päckchen wieder ein, das mir Opa Kapeloni vor seinem Tod verschwörerisch in die Hand gedrückt hatte. Ich kramte es aus meiner Handtasche, in der es, versteckt in einer Seitentasche auf seine Enthüllung wartete. Ich hatte es dort hinein gesteckt und in der ganzen Aufregung völlig vergessen. Aufgeregt und mit klopfendem Herzen packte ich es nun endlich aus. Es enthielt ein kleines Herz, das als Briefbeschwerer verwendet werden kann. Eingewickelt war das Herz in einen Zettel auf dem folgendes stand: "Lebe Dein Leben, solange Du jung bist. Blicke nie zurück, außer wenn es sich um die Lebe handelt. Weine niemals um verlorene Dinge und bereue keine Fehler. Versuche einfach in Zukunft alles besser zu machen!"

Die Sonne scheint durchs Fenster und ich wache selig in Mirels Armen auf. Er küsst mich zärtlich und sagt mit seiner erotischen Stimme:
"Guten Morgen, mein Sonnenschein."
"Hallo mein Schatz" sage ich zu ihm mit halb geöffneten Augen und blicke ihn überglücklich an.

Danksagung
Besondere Dankbarkeit schulde ich meinem Lebensgefährten, Reinhard Imme, der mir mit endloser Geduld die Ruhe gewährte, meine Ideen aufzuschreiben und mich bei der verrückten Idee ein eigenes Buch zu schreiben unterstützte. Des weiteren schulde ich Heike Koltermann besonderen Dank, da sie unzählige Stunden ihrer knapp bemessenen Freizeit opferte, um mein Manuskript zu überarbeiten, die Rechtschreibung zu korrigieren und den Text in eine lesbare Form zu bringen.
Ohne diese beiden lieben Menschen wäre aus diesem Buch niemals etwas geworden.